시평선
너머

목차

프롤로그
- 수상하고도 발칙한 다이어리

중2병이 뭐예요	10
질병관리밴드	24
만약 전염병이라면	40
지랄 총량의 법칙	54
밝은 달 옆 작은 별	66
너도 중2병이니	86
내면아이 I	98
내면아이 II	118
피비야, 내 꿈을 부탁해	142
내 꿈을 왜 엄마가 꾸냐고	160
마음이 흘러가 고이는 곳	170
마침내 블랙	184
태어나자마자 사춘기	198

에필로그
- 시평선 너머

작가의 말
- 시평선 너머의 시간

프롤로그
수상하고도 발칙한 다이어리

몇 년 전인가, 아니면 바로 어제 같기도 한 그때, 나는 그 소리를 분명히 들었다. 시간이 떠나가는 소리, 그리고 또 다른 시간이 달려와 시평선(時平線)에서 만나는 소리……. 이 다이어리는 그 시간에 대한 기록이다.

중2병이 뭐예요

"문설주, 안 들리냐?"

못 들은척하고 버티다가 반복하여 부르는 소리에 걸음을 멈추고 돌아봤다. 그리고 나도 질세라 맞장구를 쳤다.

"문설주가 아니고 한설주라고, 양동이!"

양동준은 묘기를 뽐내듯 럭비공을 툭툭 차고 받으면서 교문을 통과했다. 동준은 초등학교 때, 내가 문설주가 뭔지도 모를 때부터 나를 문설주라고 부르며 놀리곤 했다. 그때부터 이제 막 중2가 된 지금까지도 때와 장소를 가리지 않고 문설주라고 불러댔다. 이름으로 별명을 지어 부르는 건 초등학생들이나 하는 유치한 짓인데, 대꾸하기도 귀찮았지만 그렇다고 가만히 듣고 있을 수만도 없었다.

동준은 복도에서도 계속 공을 차며 따라왔다. 동준과 티격태격하느라 내 자리에 앉고 나서야, 오늘까지 희망하는 동아리 부서를 적어내라고 한 것이 생각났다. 신청서를 보니 작년에 없던 '제과·제빵부'와 '웹툰부'가 있었다. 쭉 훑어보니 맨 아래에 '질병관리부(가제)'라는 동아리도 있었다.

'뭐지, 올해도 체온 측정이나 마스크 검사를 하려는 건가?'

교실을 둘러보니 어느새 분위기는 양동준 쪽으로 흘러가고 있었다. 물은 높은 곳에서 낮은 곳으로 흐르는데, 에너지는 반대인 것 같았다. 이런 현상을 부력이라고 하는 걸까……. 동준은 여전히 공을 차서 머리로 받았다가 무릎으로 다시 띄우며, 자랑도 아닌 걸 자랑인 양 떠벌리고 있었다.

"드디어 우리 엄마가 날 서예 학원에 보냈어. 집중해서 붓글씨를 하다 보면 좀 차분해질 거라고. 그런데 산만한 애들은 거기 다 모여 있더라. 분위기가 장난 아니야. 시너지 효과 알지? 내 산만은 산만 축에도 못 껴."

동준은 끊임없이 주절대며 발로는 공을 차고 받으면서

도 손은 과자 봉지와 입 사이를 계속 들락거렸다. 다혜는 여전히 주변 환경엔 전혀 관심 없다는 표정으로 폰만 들여다봤다. 주름 하나 없는 하얀 셔츠 깃은 다혜 얼굴에 반사판이 되어주었다.

그때, 음표와 쉼표가 서로 주고받듯 경쾌한 리듬의 터키 행진곡이 흘러나왔다. 수업 시작을 알리는 벨 소리에 나는 가방에서 필통을 꺼냈다. 커다란 2층 필통에는 색색의 필기구들이 가지런히 정돈되어 있었다. 바라보기만 해도 기분이 좋아졌다.

벨 소리가 끝나기도 전에 흰 셔츠를 단정하게 입은 담임 선생님이 들어왔다. 국어 담당인 선생님은 뭐가 그리 바쁜지, 들어오자마자 대뜸 "'제과·제빵부'와 '웹툰부'는 어떤 동아린지 잘 알지?"라며 설명을 생략하고 바로 다음 말을 이어갔다.

"'질병관리부'는 내가 담당하게 될 새로운 동아리야. 이번에 내가 교육대학원 박사과정에 들어갔거든. 논문의 주제는 청소년 심리, 그중에서도 중2병에 대한 실태를 조사·연구하려고 해. 그래서 우리 동아리 활동을 교육대학원 부속인 '청소년 마음연구소'에서 지원해 줄 거야."

선생님의 이야기를 듣던 양동준이 질문이 있다며 손을 들었다.

- 중2병은 질병인가요, 그렇다면 코로나19처럼 질병관리청에서 관리해야 하는 것 아닌가요?

"아주 바람직한 질문이야. 바로 그런 걸 토론하려는 거지. 그래서 가제라고 했잖아. 가제란 아직 명칭을 정하지 않았단 뜻이야. 동아리가 구성되면 회원들과 함께 동아리 이름부터 다시 정할……."

선생님의 설명이 채 끝나기도 전에 질문이 쏟아졌다. 뭐든 끄적이는 걸 좋아하는 나는 재빠르게 메모를 시작했다.

- 중2병은 중2가 되면 100% 감염돼요?

- 중2병의 판단 기준은 뭐예요, 코로나처럼 PCR 검사를 하나요?

- 중2병에 걸리면 어떻게 관리해 줄 건데요?

- 격리도 할 거예요?

- 격리? 그거 좋다! 우리끼리 있으면 정말 재밌겠다.

이제 막 중2가 되어서인지 관심도 많았고 발상도 참신했다. 새삼 내가 중2가 되었다는 현실이 와닿았다. 덩달아 호기심도 발동했다.

"효율적인 운영을 위하여 우리 반 전체가 '질병관리부' 회원이 되었으면 좋겠어. 이건 '청소년 마음연구소'의 새로운 프로젝트거든. 교장 선생님도 적극적으로 지원해 주신다고 했어. 체험활동도 할 계획이고 그 외에도 여러 가지 혜택이 주어질 거야. 물론 강제는 아니야, 권장이라는 거지. 원하지 않는 사람은 손들어 봐."

서로 힐끔거리며 눈치만 살필 뿐 아무도 손을 들지 않았다. 누군가 한 명이라도 손을 든다면 나도 따라서 들 텐데……. 나는 베프 최유리와 약속한 동아리가 있기 때문이

다. 그렇다고 내가 먼저 손을 들 용기는 없었다.

"상담 선생님도 우리와 함께할 거야."

"그럼 섹스 상담도 해요?"

비난하는 소리와 우와, 하는 함성이 뒤섞여 시끌벅적했다. 그러자 동준이 불만 가득한 말투로 대꾸했다.

"왜 그래? 성교육이라고 하면 괜찮고 섹스라고 하면 이상해? 촌스럽기는……."

어수선한 분위기 속에서 환유가 또박또박 의견을 말했다.

"우리가 해야 할 활동을 구체적으로 알려주세요. 그러면 선택에 도움이 될 거예요."

역시 환유는 똑똑 소리가 날 것처럼 똑똑했다. 환유 덕분에 환씨가 있다는 것도 알게 되었다. 외자 이름인 '유'보다는 다들 성까지 붙여서 환유라고 불렀다.

"격주로 토요일에 모임을 할 예정인데, 우선 이번 토요일에는 동아리 명칭을 정하고 임원도 뽑을 계획이야. 너흰 무슨 대단한 활동을 하려고 노력하지 않아도 되고, 그냥 생각이나 마음을 있는 그대로 이야기하면 돼. '질병관리부'를 원하지 않는 사람은 점심시간에 개인적으로 와서 알려주길 바라."

어쨌든 나는 '질병관리부'에는 별로 관심 없고, 1학년 때는 독서부였다. 독서부에서 나는 책 읽는 재미를 조금씩 알아갔다. 책 속에서 나는 앤이 되었다가 조가 되기도 하고, 몽테크리스토 백작이 되어 이프섬에 갇혀 탈출을 계획하기도 했다.

그러다가 5개월 전쯤에 『호밀밭의 파수꾼』을 읽으며 피비를 알게 되었다. 나도 피비 같은 파수꾼을 만나고 싶었다. 그래서 피비에게 편지를 보내며 '다이어리 꾸미기'를 시작했다. 다꾸를 하려면 다양한 필기구와 장식스티커들이 필요했다. 나는 많은 시간과 용돈과 정성을 다꾸에 쏟게 되었다.

책을 읽고 있노라면 시간이 현재에서 과거로, 또는 미래로 넘나드는 느낌이 좋았다. 과거에서부터 미래까지 자유롭게 날아다니다가 밤을 꼬박 새운 적도 있었다. 책을 읽다 보니 창밖이 희끄무레하게 밝아왔다. 엄마 표현대로라면 항상 붕붕 떠다니는 듯한 내가 유일하게 중력을 느낄 수 있는 시간이었다. 그 뿌듯했던 순간이 좋아서 나는 유리와 함께 독서부에 다시 가입하기로 약속했다.

나는 희망 부서 선택란을 비워두고 이름만 적은 신청서를 책상 서랍에 넣었다. 그리고 점심시간에 선생님과 상담해야겠다고 생각했다.

* * *

종례 시간에 들어온 선생님 손에는 이미 동아리 신청서가 들려 있었다.

'어, 언제 걷어 갔지?'

나는 얼른 책상 서랍에 손을 넣어 신청서를 찾아보았다. 잡히는 것이 없었다. 고개를 숙여 서랍 안을 들여다보았다. 안쪽 깊은 모서리에 박힌 사탕 껍질 외에는 텅 비어 있었다.

"점심시간이 끝날 때까지 아무도 찾아오지 않았고, 양동준이 신청서를 모아서 가지고 왔어. 그래서 우리 반은 만장일치로 '질병관리부'에 가입하게 됐다. 다른 의견 있니?"

나는 고개를 돌려 대각선으로 뒤에 앉은 동준을 쏘아보

았다. 동준은 입 모양으로 '왜?'라고 물었다. 나는 책상 밑으로 손을 내려 주먹을 꽉 쥐어서 흔들어 보였다. 동준은 내 행동을 못 본척하며 앞만 바라보았다. 아, 독서부는 어쩌나, 유리랑 약속했는데……. 난 안절부절 어쩔 줄 모르면서도 모두 Yes라고 할 때 No라고 말할 용기가 없었다.

종례가 끝나자마자 동준에게 다가갔다. 묻지도 않았는데 동준은 술술 털어놓았다.

"점심시간에 선생님이 나에게 신청서를 걷어 오라고 했어. 다 걷었는데 넌 자리에 없고, 서랍에 신청서만 삐져나와 있어서 보니까 이름도 썼더라. 그래서 네 걸 맨 위로 올려서 선생님에게 가지고 갔고, 내가 한 일은 거기까지야. 뭐 문제 있어?"

동준은 팔을 양쪽으로 벌리며 어깨를 으쓱해 보이고는 돌아섰다. 듣고 보니 동준은 잘못이 없었다. 점심시간에 나는 유리와 함께 매점에서 아이스크림을 먹느라, 깜박하고 선생님에게 가지 못했다. 의사 표현을 제대로 하지도 못하고 나는 '질병관리부'에 가입이 되었다. 아직 No라고 말할 기회는 남아 있었으나 용기가 없었다. 모두 함께 가는 길이 쉽고 편한 길일 거라는 생각도 들었다. 그때 받은 유리로부터의 톡은 내가 '질병관리부'에 가입하는 결정적인 역할을 했다.

> 쏘리, 쏘리, 나 배구부에 가입했어. 자세한 이야기는 나중에 ㅠㅠ

S#

피비야, 너를 만난 지 벌써 5개월이 지났어. 너를 알게 된 후 나는 꿈을 꾸면서 편지를 쓰는 상상을 해. 안네가 키티에게 편지를 쓰는 것처럼 말이야. 스포츠 경기를 중계방송 하듯, 내 꿈을 너에게 라이브로 전하는 거지. 내가 지금 꿈을 꾸고 있다는 걸, 이젠 너도 잘 알고 있지?

재미없게, 꿈에서도 학교를 벗어나지 못하고 있어. 그런데 벽, 바닥, 사물함, 책상이랑 의자가 모두 투명 유리로 되어 있어. 모든 게 훤히 다 들여다보여. 으악, 교무실과 화장실까지도 투명이야. 선생님 책상 서랍에는 만화책과 내가 좋아하는 초콜릿이 들어 있어. 그러나 사람들의 마음은 여전히 불투명이라 들여다볼 수가 없어. 나는 언제나처럼 펭귄 인형을 꼭 껴안고 있지.

꿈이라면 구름 튜브를 타고 하늘을 둥실둥실 떠다니거나, 바다 위를 슬릭백 스텝으로 걸어 다니는 정도는 돼야 하는 것 아닌가? 그런데 이게 뭐람, 겨우 교실이라니. 아, 터키 행진곡은 왜 꿈에서도 나오냐고. 그런데 한 남자가 교실로 쑥 걸어 들어와. 걸을 때마다 어깨가 건들건들 흔들리는 게 어딘지 좀 껄렁해 보여. 그런데 담임이라니, 헐!

– 우리 1년 동안 열심히 싸워보자.

싸워보자니, 그것도 열심히? 지금 선생님이 우리에게 전쟁을 선포하는 거야?

이어서 입학식을 해. 나에게도 후배가 생긴다는 거지. 역시 입학식, 방학식, 무슨 무슨 식들은 교장 선생님 잔소리가 반 이상을 차지해. 입학식이 아니라 선생님의 말씀 대잔치야. 마지막으로 한마디만 더 하겠다는 선생님의 한마디는 앞의 말을 다 합친 거보다 더 길게, 끝날듯하다가 한참을 다시 이어져. 우리가 학원에 다니는 것처럼 교장 선생님들도 단체로 '말씀 학원'에라도 다니는 것 같아.

그래도 입학식이니까 뭔가 새로운 이야기를 하나라도 하리라 기대하고 있어. 급식으로 마라탕후루를 준다든지 하는 거 말이야. 탕탕 후루후루 탕탕탕 후루루루루……. 그런 걸 기대하건만 다 거기서 거기 Ctrl+C, Ctrl+V. 우리에겐 창의력, 상상력을 기르라고 잔소리하면서 선생님들의 말이나 행동은 다들 똑같아. 정말 재미없다. 피비야, 현실보다도 못한 꿈도 꿈이라고 할 수 있는 거야?

질병관리밴드

토요일, 동아리 모임 시각이 10시라 잠자리에서 뒹굴뒹굴할 여유가 조금은 있었다. '질병관리부'에 대해 생각하다 보니 내 발가락도 질병일까, 문득 궁금해졌다. 지난 겨울방학에 나는 새끼발가락을 정상적으로 셋으로 나누는건 '아직은' 어렵다는 판정을 받았다. 의사는 빨간 볼펜으로 발가락에 선을 그으며 설명했다. 발가락이 간질간질하고 기분도 나빴으나 나는 꾹 참았다. 의사가 그은 빨간 선대로 발가락을 셋으로 나눌 수만 있다면 기분 나쁜 것 정도는 얼마든지 참을 수 있었다.

'선천성 발가락 합지증'은 뼈 분리 수술과 허벅지의 피부를 이식하는 수술을 함께 해야 한다고, 의사는 차분하게 말했다. 피부만 붙어 있는 단순 합지증은 한 번의 수술로 가능하지만 나는 혈관, 인대, 근육, 신경 등이 매우 복잡하게 얽혀 있는 복합 합지증이라고 했다. 그래서 적어도 세 번 이상의 수술이 필요하다고 했다. 수술은 2세 이전이 가장 효과적인데, 그러나 1.9kg으로 태어난 내가 숨을 쉬는 것만도 감사할 뿐이었다고 아빠는 말해주었다. 나는 여러 번의 수술을 견딜 수 있는 상태가 아니었고, 발가락을 찾으려다가 아기를 송두리째 잃어버릴까 두려웠다고 했다.

어쨌든 의사는 매우 위험한 수술인 데다 완벽한 기능까지는 약속할 수 없다며 '아직은'이라고 결론지었다. 그럼 '언제'냐고 나는 따지듯 물었다. 의사는 다시 한번 '아직은'이라고 말하며 '언제'라는 답은 하지 않은 채 내 눈길을 피했다. 내 합지증에 아무런 책임이나 잘못이 없으면서도 미안해하는 의사의 표정에서, 수술하지 않는 쪽이 현명할 것이라는 답을 읽을 수 있었다. 내 발가락을 관리해 줄 '질병관리부'는 어디 있을까…….

내 기분과는 상관없이, 어느새 봄볕이 내 방 안쪽까지 깊숙하게 들어와 머물러 있었다. 계절의 변화가 참 신기했다. 겨울이 물러나고 봄이 오면서 햇살이 조금씩 길어지는 것이 태양의 각도 때문인지 뭔지는 잘 모르겠으나, 나른한 햇볕에 조금은 기분이 좋아졌다. 줏대 없이 이렇게 감정이 오락가락, 이랬다저랬다 흔들리는 것도 중2병일까……. 혼자 책이나 읽는 것이 좋은 것 같다가도 친구들과 어울려 시끌벅적 놀고 싶기도 했다.

머리를 빗으며 거울을 보니 마음에도 봄바람이 스며들었는지, 머리핀이라도 산뜻하게 꽂아보고 싶었다. 나는 새로 산 머리띠를 하고 앞머리를 헤어롤로 둥글게 말아 올렸다. 엘리베이터에서 만난 유리는 노란 운동복을 입고 있었다.

"와우, 개나리가 걸어 다니네. 배구부가 부러워."

우리는 팔짱을 끼고 은색 정7각형을 밟지 않으려고 조심하며 걸어갔다. 학교로 들어가는 교문 앞 길바닥에는 자잘한 정7각형 블록이 밤하늘의 별처럼 군데군데 박혀 있었다. 이 정7각형의 은색 선을 밟으면……. 학교에는 정7각형 말고도 전해 내려오는 괴담들이 많았다.

우리 학교 터가 예전에는 커다란 연못이었다고 한다. 그런데 연못에 빠져 죽은 여우가 체육대회를 하는 날마다 슬피 울어서 눈물이 비가 되어 내린다는 괴담, 전교 2등이 1등을 질투하여 옥상에서 밀어 죽였는데 이번엔 3등이 2등을 밀어 죽이고 그렇게 계속 도미노처럼 밀어 죽였다는 괴담, 화장실에서 휴지가 없어 쩔쩔매는데 빨간 손이 쑥 나와서 휴지를 건네주고 그 휴지에 시험문제가 빼곡하게 적혀 있었다는……, 등등.

요즘 학교에는 새로운 괴담이 돌고 있었다. 해 질 녘이면 어디선가 하모니카 연주가 희미하게 들려오는데, 그 소리를 들었다는 아이들은 랩도 아니고 타령도 아닌 야릇한 리듬의 노래를 부르며 다녔다. 그건 노래라기보다는 악마의 속삭임처럼 음산하고 기괴하게 들렸다. 따라 부르면 악마에게 영혼을 빼앗긴다는 괴담이 돌았지만 나도 종종 흥얼거리곤 했다.

나는 아직도 중2♬ 태어나자마자 사춘기♬
정7각형 밟고♬ 꿈을 꾸기 시작했네♬

영혼을 빼앗긴다는 노래는 따라 부르면서도 정7각형을

밟고 싶지 않은 건 무슨 심리일까……. 어쨌든 오늘도 정7각형을 밟지 않고 무사히 통과했다. 유리의 노란 운동복 탓인지 학교 가는 길이 산뜻하게 여겨졌다. 추위를 많이 타는 나는 아직도 두꺼운 패딩을 껴입었으나 마음은 이미 봄바람으로 한껏 부풀어 올랐다.

"으아, 아직 춥네. 설주야, 패딩이 부럽구먼."

"3월까지는 패딩이 답이지."

"맞아, 3월 말까지는 패딩을 입는 게 정답이야. 작년 4월에는 눈까지 펄펄 내렸던 거 기억나? 근데 봄바람이 살랑살랑 불어오면 온몸이 간질간질, 빨리 봄옷을 입고 싶엉!"

* * *

유리와 헤어져 교실로 들어가니, 책상을 둥글게 연결하여 얼굴을 서로 마주 볼 수 있게 해놓았다. 매일 생활하던 같은 교실인데도 책상 배치를 달리하니 분위기가 새로웠다. 앞에는 스크린이 설치되었고 책상마다 알파벳이 하나씩 붙어 있었다. 뭔가 대단한 일이 펼쳐질 듯하여 나도 덩

달아 기대가 되었다. 나는 망설이다가 내 성의 알파벳인 H가 붙어 있는 책상 앞에 앉았다. 다른 아이들은 어떻게 선택했는지 모르겠으나 다들 자리를 잡고 앉았다. 그러고 보니 학급 인원과 알파벳 수가, 같은 스물여섯이었다.

동준은 책상과 의자 사이를 넘나들며 여전히 럭비공으로 묘기를 부렸다. '공이 스크린이나 세워놓은 빔프로젝터에 맞으면 어쩌려고, 저러다가 사고 한번 크게 치겠구먼.' 하고 생각하다가 깜짝 놀랐다. 엄마가 나에게 종종 하는 잔소리이기 때문이다. '그렇게 까불다가 사고 한번 크게 치겠구먼…….' 평소에 그렇게 싫어하던 잔소리에 내가 공감하게 될 줄은 정말 몰랐다.

1학년 때 체육 선생님이 각종 구기 종목의 공을 보여준 적이 있었다. 축구, 배구, 농구, 야구, 핸드볼, 골프, 탁구, 테니스, 그리고 럭비공이 있었다. 그때 본 럭비공이 참 신기했다. 다른 공들은 다 동그랬는데 럭비공만 길쭉하고 탄력도 더 좋아 보였다. 그래서인지 공이 어디로 튈지 방향을 가늠할 수가 없었다. 양동준은 도무지 어디로 튈지 모르는 럭비공 같다는 생각이 들었다.

그때, 내 또래로 보이는 아이들이 손을 흔들며 이를 드러내고 활짝 웃는 장면이 스크린에 떴다. 어느새 선생님이 들어와 리모컨을 사용하고 있었다.

"책상 위에 적힌 알파벳은 모두 스물여섯 개야. 그중에 하나라도 없다면 우린 온전하게 말을 하거나 글을 쓸 수 없을 거야. 우리 반 한 사람, 한 사람이 꼭 필요하고 소중하다는 의미로 붙여보았어."

스크린에서 손을 흔들며 웃던 아이들이 사라지고 파란 하늘을 배경으로 뭉게구름이 천천히 흘러갔다. 화면인데도 불구하고 하늘이 너무 새파래서 눈이 부실 지경이었다. 선생님은 손가락으로 구름을 가리키며 말했다.

"만약 구름을 연구한다면 우선 구름이란 무엇인가, 알아야 하겠지? 사랑을 연구하려면 사랑이란 무엇인가, 알아야 연구든 뭐든 할 수 있잖아. 그 질문이 바로 모든 철학이나 인문학의 시작이라고 할 수 있어."

'아, 뭐가 이렇게 어려워. 철학은 뭐고 또 사랑을 어떻게 연구한담? 중2병 연구한다면서 뭔 철학, 인문학?'

선생님은 내 머릿속을 들여다본 것처럼 말을 이어갔다.

"어렵지? 그러나 이제부터 하나하나 알아가면 되는 거야. 그럼 우선 중2병이 뭔지 알아볼까."

중2병이란 중학교 2학년 즈음에 나타나는 병적으로 보이는 모든 현상을 일컫는다. 이런 현상은 지금까지 하지 않던 언어나 행위로 나타나는데 욕을 한다든가 허세, 자아도취, 짜증, 화 등을 다스리지 못하고 이상 행동을 보인다.

〈지식백과〉

선생님은 스크린의 글자를 가리키며 읽어 내려갔다. 뭐든 기록하는 걸 좋아하는 나는 메모를 시작했다. 다꾸의 참신한 소재가 될 수 있을 것 같았다.

- 선생님, 제가 늘 공을 차는 행동도 중2병인가요?

"가만히 있지 못하고 몸과 마음이 근질근질한 것도 중2에 나타나는 현상이라고 할 수 있지. 앞으로 이런 걸 하나하나 토론하기로 하자. 이 시간에는 생각나는 모든 것을 망설이지 말고 바로바로 이야기했으면 좋겠어. 그럼 우선 임원을 뽑고 동아리 명칭을 정하도록 하자. 환유와 다혜는 반장·부반장이 되었으니 제외하고, 회장을 하고 싶은 사람은 손들어 봐."

"저요."

"양동준, 좋아. 또 없니? 없으면 우선 양동준의 이야기를 들어보자. 회장으로서 왜, 무엇을, 어떻게 하고 싶은지. '왜, 무엇을, 어떻게'는 모든 일의 진행에 있어서 매우 중요한 방향성이거든."

- 나는 아직 중2병 증세가 뭔지 잘 모르겠어요. 내가 럭비공을 차는 것도, 말이 많은 것도, 과자를 항상 입에 달고 다니는 것도, 모두 중2병일까요? 어쨌든 내 존재 자체가 중2병인 것 같아서 회장을 하고 싶어요. 지금까지 임원을 한 경험이 없으니 이 기회에 열심히 해볼게요.

"또 하고 싶은 사람 있으면 손들어 봐. 없으면 기록자도 한 명 정하도록 하자. 모임에서 기록자는 중요한 역할이야. 특히 우리 동아리에서는 기록이 매우 중요해. 우리가 모든 상황을 다 기억할 수 없고, 기록하지 않은 대부분의 기억은 사라져 버리지. 누가 하면 좋을까?"

'기록? 기록하면 나, 한설주지. 멋진 다꾸를 만들 수 있을 텐데…….'

그러나 아무도 나를 추천해 주지 않았다. 그렇다고 스스로 추천하는 것이 민망하여 손을 들까 말까 망설이고 있었다.

"그럼 내가 추천할게. 한설주, 어때?"

선생님이 나를 추천했다는 사실이 믿기지 않았다. 나야말로 존재감이 없고, 나도 초등학교 때부터 지금까지 임원을 한 적이 없었다. 순간, 임원이 되고 싶은 마음이 아예 없었던 게 아니라는 걸 깨달았다. 스스로 능력이 없는 걸 알기에 기대하지 않았을 뿐이다. 선생님은 아이들에게 동의를 구하듯 한설주를 기록자로 추천하는 이유를 설명했다.

"도시락처럼 커다란 설주의 필통을 보면 온갖 종류의 필기구들이 용도별, 색상별로 잘 정돈되어 있더라. 나도 문구류를 좋아해서 많이 가지고 있는데, 필기구에 관심 있는 사람들이 대부분 꼼꼼하고 글 쓰는 걸 좋아하지. 게다가 한설주는 이미 우리 토론을 메모하고 있잖아."

 선생님이 나에 대하여 이만큼이나 관찰하고 있다는 사실이 놀라웠다. 선생님의 추천 덕분에 나는 얼떨결에 기록자가 되었다. 이어서 동아리 명칭을 공모했다. 평소 같았으면 말없이 조용히 앉아 있는 게 내 역할이었지만, 임원이 되니 나도 뭔가 참여하고 싶은 마음이 생겼다.

 우선은 토론 내용을 간략하게 메모하고, 꾸미기는 밤에 해야겠다는 생각으로 귀와 손이 바빠졌다. 그러나 이미 글씨는 보라색, 옆에는 다양한 크기와 색깔의 별 스티커를 붙이고, 밑에는 초록 형광펜으로 풀잎을 그리려는 다꾸 생각으로 가득 차 있었다.

 "그럼 지금부터 아주 편하게, 난 없다고 생각하고 너희끼리 동아리 명칭을 정하는 거야."

 - 이미 너무 많이 사용하여 신선하진 않으나 '슬기로운 중2 생활'은 어때?

- 「죽은 시인의 사회」라는 영화를 감명 깊게 봤어. 거기서 카르페디엠이라는 단어가 나오는데, 피할 수 없다면 현재를 즐기라는 뜻이래. 그래서 '카르페디엠 중2'로 하고 싶어.

- 우린 지금 하얀 도화지를 펴놓고 뭔가 그리려 하는데, 뭘 그릴지는 모르지만 아직은 깨끗한 백지, 순수한 상태야. 그래서 '순수의 기록'이라고 지어봤어.

- '질병관리밴드'는 어때? 밴드는 원래 음악 하는 그룹이란 뜻이지만 모임, 연대라는 의미로도 사용하잖아.

투표 결과 '카르페디엠 중2'와 '질병관리밴드'가 동점으로 나왔다. 의논 끝에 두 가지를 다 사용하기로 했다. 동아리 명칭은 내가 제안한 '질병관리밴드', '카르페디엠 중2'는 슬로건으로 정했다.

토론이 끝나고 창밖을 보니 투명하고 파란 하늘이 조금 전 스크린에서처럼 활짝 펼쳐졌다. 햇볕이 쨍쨍한 운동장에는 검은 바지에 검은 티셔츠, 검은 모자, 검은 운동화를 신은 온통 블랙인 사람이 슬릭백 스텝으로 걸어가고 있었다. 헛것을 봤나 싶어 다시 눈을 비비고 그 사람이 지나간 자리를 멍하니 바라보았다.

S#

피비야, 학교 앞에는 은색 정7각형 블록이 군데군데 박힌 길이 있거든. 난 이 길을 무척 좋아해. 지금 나는 왼쪽 새끼발가락에 힘을 꽉 주고 정7각형을 밟지 않으려 조심하며 걸어가고 있어. 밟으면 재수가 없다는, 말도 안 되는 말을 믿지는 않지만 그래도 조심조심. 특히 시험 날 아침에 정7각형을 밟으면 답안지를 한 칸씩 밀려 쓰게 된다는, 믿거나 말거나 한 괴담이 입에서 입으로 전해지고 있어.

세상에 태어나서 최초의 경쟁자는 형제나 자매라고 하는데, 경쟁자가 없는 유리와 나는 콩 반쪽도 나눠 먹는 친구야. 피비야, 어느새 나는 놀이터 그네에 앉아 별을 바라보며 유리와 속살대고 있어. '이 별은 내 별, 저 별은 네 별.' 하면서 사이좋게 나눠 갖는 중이야.

그러나 내 왼쪽 발가락이 태어날 때부터 세 개뿐이라는 비밀은, 아직 유리에게도 얘기하지 못했어. 같은 아파트 같은 라인에 사는 유리네 집과 우리 집은 구조가 똑같고, 유리와 나는 베개와 이불까지도 같아. 아쉽게도 2학년이 되면서 반은 나뉘었지만 우리는 급식실이나 매점, 또는 화장실에서도 만나. 그래도 왼쪽 셋째, 넷째, 그리고 새끼발가락까지 하나로 뭉뚱그려져 붙어 있다는 이야기는 아직도 하지 못……

나는 몸이 자꾸 왼쪽으로 쏠리며 기우뚱해지는 것 같아. 그렇지 않다고, 네 몸매는 남산타워보다 더 반듯하고 꼿꼿하다고 엄마는 늘 말해주지만 나는 자꾸 주눅이 들어. 마음이 이미 왼쪽으로 기울어져 어떤 위로도 도움이 되지 않아, 피비야. ㅠㅠ

만약 전염병이라면

수요일엔 학원 수업이 없어서 잠시 숨을 고를 수 있는 날이다. 매주 돌아오는 날인데도 아침부터 마음이 둥실둥실 날아갈 것만 같았다. 작년처럼 언제 눈보라가 불어닥칠지 모르지만 그래도 날씨는 매일매일 조금씩 더 따뜻해졌다. 기온이 올라가니 마음도 따라 부풀어 올랐다. 과학 시간에 배운, 온도가 1도 올라갈 때마다 부피가 273분의 1씩 증가한다는 샤를의 법칙 때문일까. 요즘 내 마음이 자꾸 풍선처럼 가벼워지는 것도 날씨가 따뜻해지기 때문이라는 생각이 들었다. 그런데 마음의 부피, 질량, 밀도, 무게는 어떤 단위로 표시할까, mg, kg, cc, cm^3, ml ······.

아침부터 뒹굴뒹굴하며 쓸데없는 상상을 하느라 아침밥

도 못 먹고 달려야만 했다. 아무리 급해도 정7각형은 절대로 밟을 수 없다. 은색 선을 요리조리 피하며 걷다 보니 어느새 학교에 도착했다.

* * *

요즘 유리의 배구부는 토요일은 물론 수요일 방과 후에도 모인다고 했다. 몇몇은 단순한 동아리 활동을 넘어 전문적인 훈련을 받는 것 같았다. 유리는 점심을 후다닥 먹어치우고, 배구 연습 한다며 체육관으로 달려가곤 했다.
지난가을부터 유리는 키가 쑥쑥 자라났다. 겨울방학이 지나고 중2가 되면서 유리는 이미 172㎝나 되었다. 나는 아직 평균 키에도 미치지 못하는데 172㎝라니! 오늘 보니 밤새 또 자란 것 같았다. 발목까지 오던 바지가 종아리 근처까지 껑충 올라가고, 교복 셔츠도 요즘 유행하는 크롭, 소매는 7부가 되었다. 유리는 물만 마셔도 자란다고 했다. 마치 『잭과 콩나무』에 등장하는 창가의 나무처럼.
유리는 수업이 끝나면 배구부 훈련 하는 걸 보러 오라고 했다. 그리고 꼭 보여주고 싶은 게 있다면서 실실 웃었다. 무슨 좋은 일이 있는지 입꼬리가 저절로 옆으로 벌어졌다. 나는 종례를 마치고 체육관으로 갔다. 체육관 문을 조심스럽게 열며 들어서려는데 느닷없이 공이 날아들었다. 나는 공을 피하려 한 발짝 뒤로 물러섰다.

"피구 하냐? 본능적으로 공을 띄우는 훈련이 돼야 해. 축구처럼 발로라도 패스해 봐!"

연습하던 아이들이 내 앞을 지나서 운동장으로 우르르 달려 나갔다. 뻘쭘하게 서 있는 내 등을 체육 선생님이 가볍게 밀었다.

"구경 왔구나. 나가, 나가서 함께 달려봐. 운동장 세 바퀴닷!"

선생님의 명령에 나는 운동장으로 나갔다. 뛰다 보니 이마에서 땀이 흐르기 시작했다. 한 바퀴는 얼떨결에 따라 뛰었다. 둘째 바퀴는 벌써 세 바퀴째를 달리는 다른 아이들을 따라잡으려 조끼까지 벗어 던지고 달렸다. 그러다가 함께 운동장에 널브러져 누웠다.

얼굴 위로 햇살이 쏟아져 내렸다. 눈을 감았다. 호흡이 조금씩 잦아드는데 뭔지 모를 만족감, 이런 걸 희열이라고 하나, 운동과는 담을 쌓은 나인데도 참 좋았다. 파란 하늘엔 같은 모양의 구름이 하나도 없었다. 갑자기 바람이 하늘을 가르며 지나가더니, 구름이 새처럼 떼 지어 날아가며 하늘을 가득 메웠다.

얇은 셔츠만 입고 누워 있으니 굵은 모래알이 등에 박혀 따끔거렸다. 이 와중에도 가물가물 졸음이 몰려오는데 빨리 체육관으로 들어오라며 부르는 소리가 들렸다. 귀찮다고 생각하면서도 어느새 몸이 벌떡 일어나 달리고 있었다. 운동의 매력을 조금은 알 것 같았다.

"와우, 최유리, 포즈 죽이는데! 리시브 그만하고 스파이크 한 방 시원하게 날려봐."

"배구의 첫걸음은 리시브야. 받지도 못하면서 뭔 스파이크?"

"넌 세터라며? 리베로가 받고, 스파이크는 공격수가 하고, 넌 날로 먹는 거 아냐?"

"헐, 배구는 세터의 손에 달렸단다. 세터의 중요성을 조금도 모르네. 세터는 선수들의 동선과 리듬을 잘 파악하고 움직여야 하거든."

"아무리 그래도 배구의 맛은 스파이크지!"

말은 그렇게 했으나 나는 유리가 배구에 소질이 있다는 걸 한눈에 알아챌 수 있었다. 키가 큰 데다가 공을 따라 움직이는 감각이 남달랐다. 가위바위보에 져서 배구부로 가기를 정말 잘했다는 생각이 들었다.

가볍게 공을 튕기던 유리가 다른 사람이 눈치채지 못하도록 재빠르게 손가락으로 가리켰다. 유리의 손가락 끝을 따라가 보니 헉, 저런 애가 우리 학교에? 180cm는 됨직한 키, 조막만 한 얼굴, 백마만 타면 왕자님이 될 외모였다. 유리가 왜 실실 웃으면서 날 오라고 했는지 알 것 같았다.

"우리 학교에 저런 애가 있어? 첨 보는데."

"전학, 스타일 죽이지?"

나는 왕자님의 행동을 안 보는척하면서 슬쩍슬쩍 훔쳐보았다. 왕자님의 몸짓은 공을 향하여 재빠르게 움직이면서도 여유로워 보였다. 자신을 타인처럼 바라보며 즐길 줄 아는 것, 이런 태도가 외모에 자신 있는 아이들의 공통점 같았다. 다혜도 그렇고, 아이돌 중에도 저런 스타일이 꽤 있었다. 저런 태도는 타고나는 걸까, 연습하는 걸까.

　나도 내 얼굴에 크게 불만은 없다. 단지 발가락, 발가락도 뭐, 항상 양말과 신발을 신고 있으니 괜찮다, 괜찮아, 정말 괜찮아······.

　아빠와 엄마는 서운할 정도로 내 발가락을 대수롭지 않게 생각하는 것 같다. 아니, 내 앞에서 아무렇지도 않은척하는 걸 나는 잘 알고 있다. 그래도 섭섭할 때가 있다. 그렇다고 내가 소파 앞 테이블에 두 발을 턱 걸치고 텔레비전을 보고 있는데, 내 발가락을 쓰다듬으며 애틋한 눈길로 바라보면 그건 또 더 싫다. 아니 그러면 어쩌라고? 이랬다저랬다 하는 내 마음, 나도 나를 잘 모르겠다.

* * *

　배구 연습이 끝나고 우유를 나눠 주는데 유리가 내 몫까지 받아 왔다. 나는 유리와 둘이서 체육관 뒤 벤치에 앉았다. 아카시아의 짙은 향기가 바람결에 날아다니고 있었다. 유리는 가방에서 커피믹스를 꺼내어 우유병에 붓고 마구 흔들었다. 연한 갈색의 거품이 몽글몽글 솟아올랐다.
"요걸 카페라테라고 하는 거야."
"난 커피 맛 모르겠던데, 맛있냐?"
"당연하지, 넌 아직 사랑을 모르는 아기니까."
갑자기 흔들던 우유병을 던지듯 내려놓고 유리가 달리기 시작했다.
"뭐야, 왜 그래?"
포도송이처럼 주렁주렁 달려 있던 아카시아 꽃잎이 갑작스러운 바람에 떨어져 내렸다. 바닥에 뒹구는 꽃잎은 많이 보았지만 이렇게 한꺼번에 후루룩 지는 건 처음 보았다. 유리는 아까시나무 아래에서 손바닥을 높이 들고 나비가 꽃 주위를 날아다니듯 돌아다녔다. 떨어지던 꽃잎 하나가 살포시 유리의 손바닥 위로 얹어졌다. 유리는 꽃잎을 놓칠세라 조심스럽게 다가와 손바닥 위의 꽃잎을 보여주었다.
"성공!"
"성공? 뭘?"
"아카시아 꽃잎이 떨어지는 걸 억지로 움켜잡으면 안 되고, 손바닥을 쫙 펴서 자연스럽게 받아야 해. 그래야 사랑이 이루어져."

"뭔 소리야, 누가 그래?"

"수억만 년 전부터 내려오는 전설인데, 몰랐어?"

"흥, 사랑하는 사람은 있고?"

"아까 봤잖아, 배구남. 운명은 내가 배구남을 만나도록 이미 정해져 있던 거야. 내가 가위바위보에 져서 배구부로 오게 된 것부터가 운명이라고!"

유리는 책갈피에 꽃잎을 잘 펴서 넣고 책장을 덮은 다음 손바닥으로 꾹꾹 눌렀다.

"책갈피에 나의 사랑을 꼭꼭 숨겨놨어. 이젠 배구남의 영혼이 여기서 빠져나가지 못할 거야. 아카시아 꽃말이 숨겨둔 사랑이거든."

"사귈 거야?"

"아직은 아냐. 그러나 이제 꽃잎을 몰래 숨겨놓았으니 배구남이 곧 나에게 고백하게 될 거야."

유리는 꿈꾸는 듯한 표정으로 눈을 반쯤 감고 꽃잎이 든 책을 꼭 끌어안았다. 다시 바람이 휭 불자 꽃잎이 함박눈처럼 후드득후드득 떨어져 내렸다. 나도 벌떡 일어나 꽃잎을 받으려고 뛰어갔다. 보기보다 쉽지 않았다. 손바닥 위에 자연스럽게 올려놓듯이 받는 건 발가락 때문에, 아니 바람 때문에 어려웠다. 그러고 보니 나는 잘 되지 않는 모든 일은 다 발가락 탓을 하고 있었다.

수많은 꽃잎이 내 손끝을 스치고 땅바닥으로 떨어져 뒹굴었다. 나도 유리처럼 허공으로 손을 높이 쳐들고 지는 꽃잎을 겨우 한 장 받았다. 꽃잎을 받고 보니 뜬금없이 사랑이 찾아올 것만 같았다. 손바닥이 간지럽더니 이어서 마음도 간질간질해졌다. 사랑은 어떻게 오는 걸까, 꽃잎처럼 이렇게 폴폴 떨어져 내리는 걸까. 정말로 사랑하는 사람이 생긴다면 서로 비밀이 없어야 할 텐데……. 나는 아직 오지도 않은 사랑을 꿈꾸며 발가락 걱정부터 했다. 내가 받은 꽃잎을 보여주자 유리는 깔깔 웃어대며 좋아했다.

"병은 병이네, 중2병이 전염병 맞는가 보네. 중2병의 대표적 증세가 트리플 허! 허풍, 허세, 허언이라고 하더니, 드디어 감염됐네."

올해의 아카시아 꽃잎을 본 건 그게 마지막이었다. 그날 밤, 으스스한 비바람이 거세게 창문을 두드렸다. 역시 계절은 그냥 가고 오는 게 아니었다. 나른한 샛바람에 깜박 속아 몸과 마음이 마냥 풀어헤쳐졌다가 화들짝 놀라서 다시 오그라들었다.

이어지는 천둥소리에 놀라 나는 펭귄을 꼭 끌어안았다. 펭귄이 애착 인형이 된 후에야 나는 펭귄 발가락이 세 개인 걸 알게 되었다. 아주 조그만 아기였을 때부터 펭귄에게 끌리던 마음, 나는 펭귄 발가락을 하나하나 헤아리다가 잠이 들곤 했다. 하나, 둘, 셋, 하나, 둘, 셋, 하나, 둘, 셋……, 펭귄도 나처럼 발가락이 세 개여서 뒤뚱뒤뚱, 하나, 둘, 셋……, 우르르 쾅쾅, 하나, 둘, 셋…….

S#

피비야, 우르르 쾅쾅 우르르 쾅쾅, 이 소리가 들려? 꿈속에서도 비바람에 떨고 있을 아카시아 꽃잎이 너무너무 걱정돼, 나는 신발도 못 신고 학교로 달려가고 있어. 와서 보니 아까시나무에는 한 무더기의 꽃만이 바람에 흔들리며 대롱대롱. 요란한 비바람에도 살아남은 꽃송이가 대견해서 토닥토닥하고 싶어. 그러나 너무 높아 손이 닿지 않아.

나는 키가 왜 이렇게 작을까? 꿈에서만이라도 키가 콩나무처럼 커져서 구름을 만져보고 싶어. 정말 솜사탕처럼 폭삭폭삭하려나, 아니면 페이스트리처럼 결결이 갈라지려나?

지금 나는 떨어진 꽃잎을 밟으며 걸어가고 있어. 앗! 체육관에서 하모니카 소리가 흘러나와. 많이 들어본 곡인데 제목이 생각나지 않고 멜로디만 입안에서 뱅뱅 맴돌아. 다가가 문틈으로 살짝 엿보지만 아무도 보이지 않아. 창문을 살짝 밀어도 꿈쩍도 안 해. 갑자기 하모니카 소리가 뚝 끊겨. 나는 안으로 들어가려고 문 쪽으로 다가가는 중이야.

그러나 하모니카 소리를 따라가면 절대로 안 된다는 건, 피비야, 너도 알고 있지? 그건 정7각형을 밟는 것보다 더 위험해. 하모니카 소리를 따라가면 마음을 빼앗기고 영혼이 탈탈 털린다는 괴담이 있어. 나는 뒤돌아, 뒤돌아서 도망쳐.

영혼이 털리면 어떻게 되는 걸까. 꽃잎, 하모니카, 책갈피에 숨겨둔 사랑, 은색의 정7각형, 연못에 빠져 죽은 여우,

빨간 휴지……. 아무래도 나는 중2병 바이러스에 감염됐나 봐. 가슴이 콩닥거리고 이마로 열이 올라오는 것 같아. 피비야, 이게 중2병 증세일까, 중2병은 정말 전염병일까?

지랄 총량의 법칙

뭔가 터질 듯 말 듯 아슬아슬하면서도 평온한 날들이 흘러갔다. 중2가 되면 당연하게 중2병에 걸려 혼란스럽고 뭔가 대단한 사건이 펼쳐질 줄 알았는데, 나도 친구들도 별일 없이 지내고 있었다. 최소한 겉으로 보기에는 그랬다. '질병관리밴드' 활동마저 그럴듯한 진전도 없고, 중2병에 대한 호기심마저 조금씩 사그라들고 있었다.

오늘 동아리 활동의 주제는 '변화'라고, 선생님은 지난주에 미리 알려주었다. 모든 연구의 시작은 본질을 아는 것이라는 선생님의 이야기가 떠올랐다. 변화라는 낱말의 뜻을 찾아보았다. '사물의 성질, 모양, 상태 따위가 바뀌어 달라짐.'이라고 풀이되어 있었다. 선생님은 '왜, 무엇을, 어떻게'를 항상 생각하라고도 했다. 무엇이 왜 달라졌을까, 어떻게 달라졌을까……. 나는 성질, 모양, 상태라고 초록색 형광펜으로 쓰고 보라, 빨강, 노란 물고기 스티커로 장식하며 모닝 다꾸를 했다.

동아리 모임에 가면서 하늘은 왜 파랗고, 꽃은 왜 피었다가 지는지 생각하는데 동준이 럭비공을 툭툭 차며 걸어가고 있었다. 양동준에게 왜 항상 럭비공을 차며 다니는지 물어보고 싶었다.

교실로 들어가니 커다란 스크린에는 여전히 아이들이 활짝 웃으며 손을 흔들고 있었다.

- 나는 변한 게 없는데 어느새 중2라는 틀에 갇혀버렸어. 난 초등학생일 때도 반찬 투정 했거든. 그런데 엄마는 너 중2병이라 반찬 투정 하는구나, 하며 날 환자 취급했어.

- 어떤 행동을 해도 난 이미 중2병 환자야. 그게 이해하려는 마음이 아니고 넌 환자니까, 조롱하고 포기하는 느낌이야. 정말 환자라면 잘 돌봐주고 배려해 줘야지.

- '지랄 총량의 법칙'이라는 말을 들었어. 어느 교수님이 중2를 그렇게 표현했대. 모든 사람에겐 평생에 걸쳐 발산해야 하는 지랄의 양이 정해져 있다는 거지. 그게 반항으로 터져 나오는 최초의 시기가 중2이고, 고등학생이나 어른이 되어서도 지랄을 떨 수 있다는 이론이야. 그런데 지랄은 적당한 시기에 발산하는 게 건강한 거래. 늦지랄이 더 무섭대. 그래서 난 중2에 최선을 다하여 지랄을 떨 작정이야. 총량을 일찌감치 털어버리고 착하고 건강하게 살 거야.

- 그렇다면 지랄은 중2의 특권이네. 교수님도 인정한 특권.

- 어른이 되어서도 지랄을? 어른이란 청소년기를 거쳐 완성된 인간이 되는 거잖아, 그런데 어른이 지랄을 떤다는 거야? 그렇다면 그건 무슨 병이야? 지랄병?

총량을 빨리 털어버리기 위해 최선을 다하여 지랄을 떨 겠다는 의견에 다들 박수를 보내며 응원했다. 중2병을 대상으로 이렇게 많은 이야기를 나눌 수 있다는 것이 신기했다. 반찬 투정 같은 사소한 행위마저 중2병이라는 틀에 갇혀버린다는 사실에도 다들 공감했다.

* * *

모임이 끝나고 선생님은 환유, 다혜, 동준, 그리고 나에게 뒷정리를 부탁했다. '청소년 마음연구소'에서 지원한 간식인 빵과 음료수를 먹고 난 자리가 지저분했다. 지난 모임 때도 그랬는데, 불만까지는 아니지만 불공평하다는 생각이 살짝 들었다.
"난 바빠서 먼저 갈게."
우리 대답은 들어보지도 않고 다혜는 이미 가방을 들고 문 쪽으로 걸어가고 있었다. 난 황당해서 바라보기만 했다. 얄미웠다. 다혜는 지난번에도 그렇고, 항상 그랬다. 수업 이외에 청소나 조별 과제 등을 할 때마다 바쁘다며 늘 먼저 자리를 떴다.
"이다혜, 넌 학원도 안 다닌다면서 뭔 일이 그렇게 많으냐? 나도 엄청 바쁜 사람이거든!"

 양동준이 공을 툭툭 차며 빈정대듯 말했다. 순간 다혜가 뒤돌아보았고, 늘 어디로 튈지 몰라 아슬아슬하던 럭비공이 직선을 그으며 빠르게 날아갔다. 아직 교실에 남아 있던 아이들 모두가 공이 날아가는 방향으로 눈길을 돌렸다. 실수인지 고의인지는 모르겠으나 '양동준, 언젠간 너 사고 한번 크게 칠 줄 알았지.'라고 나도 모르게 생각했다.

 럭비공에 정면으로 얼굴을 맞은 다혜는 공을 잡아서 동준에게 다시 던졌다. 동준이 재빠르게 피하자 럭비공은 창가에 있던 천일홍 화분을 쓰러뜨렸다. 화분은 그 아래 바닥에 놓여 있던 박원재 가방 위로 떨어지며 흙모래가 사방으로 튀었다. 화분은 산산조각이 났다.

 반에서 가장 덩치가 작은 원재가 매달리듯 동준의 멱살을 잡았다. 대롱대롱 매달린 듯한 원재가 안쓰러워 보였다. 동준은 원재의 발을 걸어 넘어뜨리려 했다. 그러나 넘어지며 밑에 깔린 건 오히려 동준이었다. 원재는 움직임이 날쌘돌이 같았다. 어느새 동준의 배 위에 올라타고 앉아 주먹을 높이 쳐들었다. 하지만 곧 주먹을 내리고 손으로 옷자락을 툭툭 털며 일어섰다.

이 모든 일이 벌어지는 데에는 5분도 걸리지 않았다. 환유는 원재의 가방을 책상 위에 올려놓고 깨진 화분 조각과 흙모래를 빗자루로 쓸어 담았다. 이 광경을 묵묵히 바라보던 다혜는 아무런 말도 없이 교실 밖으로 나가버렸다. 원재도 한 마디만 툭 던지고 사라졌다.

"미친 새끼!"

"집에 가다 확 꼬꾸라져라, 저 싸가지……."

동준은 다혜에게인지, 원재에게인지 모를 욕을 내뱉으며 뒤를 따라갔다. 나는 사건의 시작인 럭비공을 교탁 밑 비어 있는 공간에 처박았다.

'이 럭비공, 절대로 돌려주지 않을 거야.'

조금 전 중2병에 대하여 진지하게 토론하던 아이들과 지금 이 엉망진창인 아이들이 같은 사람인 게 맞나, 의심이 들 지경이었다. 중2병 바이러스가 빠르게 번지고 있는 것 같았다. 이런 기세로 우리 2반 모두가 감염되고, 이어서 2학년 전체가 확진자가 된다면…….

* * *

 우물쭈물하다가 내가 마지막으로 교실을 나오게 되었다. 나는 복도 쪽 창문을 닫고 전등까지 꼼꼼하게 끄고 밖으로 나왔다. 찝찝한 기분이어서 이대로 집에 가기 싫었다. 그래서 유리가 배구를 하고 있을 체육관으로 발길을 옮겼다. 스파이크라도 한 방 시원하게 날리는 걸 보면 풀릴 것 같았다.

 배구부 아이들은 여러 개의 공을 서로 주고받으며 연습하고 있었다. 유리는 노란 운동복을 입고 다람쥐처럼 재빠르게 오가며 서브와 토스를 번갈아서 했다. 유리의 왕자님은 바로 옆에서 주로 스파이크를 했다.

 나는 두 사람의 모습을 사진으로 담아주려고 주머니에 손을 넣었다. 폰이 없었다. 호주머니에도 없고 가방의 지퍼마다 다 열고 뒤져봐도 없었다. 가방을 거꾸로 들어서 흔들었다. 아……, 진동으로 해서 책상 서랍에 넣어놓은 것이 생각났다.

 100m 달리기 하듯 교실을 향하여 뛰었다. 훤한 대낮인

데도 햇볕이 잘 들지 않는 복도는 어둑했다. 내가 뛰면서 내는 발걸음 소리가 복도 끝에 부딪혀 다시 반대편 끝까지 울려 퍼졌다. 그 울림을 뚫고 희미하게 하모니카 소리가 들려왔다.

머뭇거리며 교실 문을 열려고 손잡이를 잡는 순간, 검은 옷에 검은 모자와 검은 마스크를 한 온통 블랙인 사람이 툭 튀어나왔다. 난 너무 놀라 뒤로 자빠질 뻔했다. 블랙이 내 어깨를 스치고 복도를 지나 계단으로 내려가는 소리가 다다다다다……, 점점 멀어져 갔다. 블랙이 지나간 자리에서 달콤하고 쌉싸름한 민트 향이 났다. 아울러 검은 모자와 마스크 사이에서 반짝이던 금테 안경의 잔상이 서늘하게 남았다.

나는 너무 놀라 '얼음땡' 게임에서 얼음이 된 상태로 굳어버렸다. 내 영혼이 정수리 숨골을 통하여 빠르게 빠져나가는 것 같았다. 요즘 학교에 돌고 있는 괴담이 떠올랐다. 해 질 녘이면 하모니카 연주가 희미하게 들려오는데, 그 음악에 홀려 따라갔다가는 영혼을 빼앗기고 마음이 너덜너덜해진다는 괴담이었다.

그때, 부르르 떨리는 진동이 빈 교실의 공기를 미세하게 흔들었다. 그 소리에 나는 간신히 땡이 되어 책상 서랍에서 폰을 찾을 수 있었다. 진동은 유리가 보낸 톡이었다.

> 어디 갔어? 빨리 와.

내가 꼼꼼하게 전등을 끄고 나간 기억이 분명한데 교실엔 불이 환하게 켜져 있었다. 나는 전등도 끄지 못한 채 달리기 시작했다. 블랙이 쫓아올 것 같아 숨을 헐떡이며 빛의 속도를 따라잡을 듯 뛰었다. 내가 이렇게 빨리 달릴 수 있다니, 정수리가 터질 것처럼 빵빵하게 부풀어 올랐다. 마침내 체육관 앞에 서 있는 유리를 보자마자 나는 울음을 터뜨리고 말았다.

그날 밤, 나는 블랙에게 쫓기다가 어느새 내가 블랙을 찾아 헤매는 꿈을 꾸었다. 내 영혼을 돌려받아야 하는데……. 아무리 찾아도 블랙은 보이지 않고 천천히, 너무 낮고 느려서 괴이한 느낌마저 드는 악마의 속삭임이 들려왔다.

나는 아직도 중2♪ 태어나자마자 사춘기♪

정7각형 밟고♪ 꿈을 꾸기 시작했네♪

귓불 주위로 악마의 숨결이 느껴져서 온몸에 오스스 소름이 돋았다. 도망, 빨리 도망가야 하는데 한 걸음도 발을 뗄 수가 없었다. 피비에게 편지를 쓰는 건 상상할 수도 없었다. 무섭고 안타까워서 엉엉 우는데, 꿈에서 깨어나면서도 울음이 그치지 않아 계속 울고 있었다. 아빠, 엄마가 놀라서 달려와 껴안으며 달래려는데 블랙인 줄 알고 있는 힘을 다해 밀어냈다. 엄마가 침대 밑으로 나동그라져 놀란 눈으로 나를 바라보았다.

밝은 달 옆 작은 별

밤사이에 발 없는 소문이 학교에 쫙 퍼져 있었다. 블랙의 금테 안경에 도청 장치가 있을지도 모른다, 머리에 돋은 도깨비 뿔을 감추려고 모자를 썼을 거다, 마스크를 한 걸 보면 코로나19보다 더 강력한 감염병 환자이다, 하모니카 연주를 듣고 블랙과 맞닥뜨리기까지 한 설주는 이미 영혼을 탈탈 털렸을 테니 어쩌면 좋으냐……, 등등.

교실 분위기가 어수선하고 내 머릿속은 더 뒤죽박죽되었다. 아이들은 없어진 물건이 있는지 확인하려 사물함 안에 있는 물건들을 전부 밖으로 끌어냈다. 좁은 사물함에 다 들어 있었다는 것이 의심스러울 정도로 많은 쓰레기가 쏟아져 나왔다. 먹다 남긴 빵과 사과 심지어 유효기간이 한참 지난 우유까지, 그것들을 보니 도둑이 침입할 이유가 전혀 없어 보였다. 덕분에 쓰레기통만 가득 채워졌다. 당번이 세 번째로 쓰레기통을 비우러 나가며 투덜거리는데 꼭 내 탓인 것만 같아 마음이 불편했다.

점심시간에 상담 선생님이 만나자는 문자를 보내왔다. 나는 점심을 먹는 둥 마는 둥 깨작이다가 상담실로 갔다. 상담실에서는 좋은 향기가 났다. 나는 코를 킁킁거리며 향을 깊이 들이마셨다.

"향이 좋지? 뇌를 진정시켜 안정감을 주고, 수학적 능력을 높여준다는 라벤더야."

마치 꽃밭에 앉아 있는 듯한 느낌이 들었다. 선생님은 유리잔에 연한 노란색의 차를 따라주었다. 유리잔 안에서 꽃이 꿈틀꿈틀 피어나기 시작했다. 조금씩 벌어지던 꽃잎이 어느 순간 마술처럼 사르륵 열렸다.

"매화차야. 매화를 여러 번 찌고 말려서 만든 건데, 신경이 예민할 때 그리고 소화불량에 효능이 있대."

한쪽 벽면에는 빨간 꽃들이 가득 피어 있는 들판에서, 양산을 쓴 여자가 아이가 함께 걸어가고 있었다. 미술 교과서에서 본 적이 있는 그림이었다. 바라보고 있자니 마음이 차분하게 가라앉았다.

"무서웠지?"

"……."

"하고 싶은 말 없어?"

"별로……."

"하고 싶은 말 있음 다 해봐. 괜찮아, 다른 일은 없었어?"

"그냥 살짝 스치고 간 게 다예요."

블랙이 복도를 지나 계단을 내려가는 소리가 다다다다 다닥……, 들리는 것 같았다. 하모니카 소리와 달콤하고 쌉싸름한 민트 향과 함께 금테 안경의 예리한 각이 다시 반짝였다.

"그 남자가 어디를 밀쳤어? 배, 가슴, 얼굴?"

선생님은 내 배와 가슴과 얼굴을 차례대로 가리키며 물었다. 손가락이 내 몸에 닿지도 않았는데 배에서 가슴으로 그리고 얼굴까지, 베일듯한 섬뜩함이 서늘하게 전달되었다. 그제야 선생님이 뭘 걱정하는지 깨달았다. 그 염려를 알고 나니 다시 온몸에 오스스 소름이 돋아났다.

"그 사람 팔이 어깨를 살짝 스쳤을 뿐이에요. 아니, 실제론 접촉이 되지 않았을 수도 있어요. 그냥 바람처럼 빠르게 지나갔어요."

"그럼 이 일은……, 그냥 덮기로 할까? 설주가 불편할 수도 있으니까, 담임 선생님도 걱정 많이 하셨어. 괜찮겠지?"

나로 인하여 담임 선생님은 물론 학교까지 시끄러워지는 건 더욱 싫었다. 왜인지는 딱히 설명할 수 없지만 그러면 안 될 것 같았다. 더구나 찬찬히 돌이켜 보면 블랙은 나에게 아무런 해도 끼치지 않았으니까, 공연히 소란을 피우고 싶지 않았다.

"네, 많이 놀랐을 뿐 아무 일도 없었어요. 지금 생각해 보니 그 사람이 남자인지 여자인지도 잘 모르겠어요. 그냥 온통 다 블랙이고 너무 빨리 사라져서……."

선생님은 내 몸에서 티끌 하나라도 찾아낼 듯이 꼼꼼하게 훑어보았다. 날카로운 눈초리가 너무 부담스러워서 블랙이 내 영혼을 빼앗아 갔을지도 모른다는 이야기는 꺼낼 수도 없었다. 오히려 선생님이 블랙을 너무 파렴치범으로 몰아가는 것 같아 감싸고 싶은 생각마저 들었다.

"하고 싶은 이야기 있으면 언제든지 찾아와. 상담실 문은 항상 열려 있으니까."

상담실을 나오며 불행 중 다행이라는 말이 떠오르면서도 마음이 편하진 않았다. 지나친 배려에서 오는 불편한 친절, 이건 뭘까, 설명하기가 어려웠다. 이 사건이 확대되길 원하지 않는 사람은 나보다는 상담 선생님인 것 같다는 생각을 떨쳐버릴 수가 없었다. 묘하게 설득당한 느낌이었다. 어쨌든 선생님이 걱정하는 일이 일어나지 않아서 정말 다행이라는 생각이 들었다. 그러나 그런 일은 어떤 특별한 사람에게만 발생하는 사건이 아니라는 걸 깨달았다. 누구에게나 일어날 수 있다는 사실에 발가락도 놀란 듯 꼼지락거렸다.

* * *

어수선한 분위기 탓에 다혜가 결석한 것을 나는 종례 시간이 되어서야 알았다. 우리는 서로 눈치만 살피며 아무도 그날의 사건에 대하여 말하지 않았다. 선생님은 천일홍 화분이 바뀐 것도 모르는 것 같았다. 화분을 누가 새로 가져다 놓았을까, 궁금했지만 그 일은 다시 입에 올리기도 싫었다.

선생님은 환유와 동준, 그리고 나를 불렀다.

"병문안을 갔으면 하는데, 설주가 가볼래?"

우린 아무런 대답도 하지 못하고 서로 눈치만 보았다.

"다혜가……, 어디 아파요?"

"몰랐어? 토요일에 동아리 활동 끝나고 집에 가다가, 학교 앞에서 넘어져 깁스했대."

"혹시, 다혜가 정7각형을 밟았대요?"

세 사람이 동시에 나를 바라보았다. 이 상황에서 이런 엉뚱하고 황당한 질문을 던지다니, 나는 악마에게 영혼을 털린 게 틀림없었다.

"제가 가도 될까요?"

동준이 뻘쭘한 분위기를 깨고 물었다. 나는 늘 오지랖을 떠는 동준을 쏘아보며 생각했다.

'네가 집에 가다 확 꼬꾸라지라고 했잖아. 좋냐, 소원대로 돼서 좋아?'

동준이 나의 날카로운 시선을 피하며 고개를 숙였다.

"다혜가 불편할 수도 있으니까 설주가 가는 게 좋겠어. 내가 롤케이크 사놓았으니 가져가."

선생님이 건네준 케이크를 들고 교무실에서 나오며 나는 앞서가는 동준을 일부러 세게 밀쳤다. 평소 같았으면 가만히 있을 양동준이 아니었으나, 찔리는 게 있으니 아무런 반응도 하지 않았다. 늘 이성적이고 차분하기만 한 환유도 얄미웠다. 결국 불똥이 엉뚱한 곳으로 튀었다. 나는 환유에게 먼저 쏘아붙였다.

"넌 공부 외에는 아무런 관심도 없지? 1등만 하면 오케이?"

이어서 동준에게도 마음에 담아두었던 폭탄을 던졌다.

"네가 집에 가다 확 꼬꾸라지라고 했잖아. 좋냐, 소원대로 돼서 좋아? 정말 좋겠다, 축하해."

두 사람은 어이없다는 듯이 나를 바라보았다. 폭탄을 던졌다고 해서 내 마음이 풀린 것도 아니었다. 오히려 마음속에 자욱하게 연기가 번져 코끝이 맵싸하고 눈물이 날 것만 같았다.

교문을 나서며 선생님이 알려준 주소를 보니 산 쪽으로 20분 남짓 걸어 올라가야 했다. 종종 산 밑의 공원으로 산책하러 갈 때 본 적이 있는 임대아파트였다. 걷다 보니 일정한 간격을 두고 누군가 따라오는 것이 느껴졌다. 훤한 대낮이고, 간간이 사람들이 오가기는 했으나 블랙의 충격 때문인지 예민해졌다. 건너편 길에서 남자 두 명이 내려오고 있었다. 무슨 일이 생기면 나를 도와주겠지, 설마 모른 척하진 않겠지, 생각하며 뒤를 확 돌아보았다. 환유와 동준이 따라오고 있었다. 안도의 한숨이 휴, 쉬어졌으나 퉁명스럽게 몰아붙였다.

"왜 따라오냐? 학원이나 가지."

"따라가는 거 아니거든. 우리도 다혜한테 가는 거거든."

"다혜가 싫어할 수도 있잖아!"

"집까지는 안 갈 테니까, 네가 들어가 보고 상황을 얘기해 줘. 밑에서 기다리고 있을게."

나는 잔뜩 심통이 난 채로 성큼성큼 걸어갔다. 아파트 단지가 엄청 넓어서 425동을 찾느라 잠시 헤맸다. 단지의 맨 끝, 산자락 바로 아래 동이었다. 엘리베이터에서 내리니 길게 복도가 이어졌다. 913호, 집 앞에는 분리수거 상자와 쓰레기봉투들이 어지럽게 널려 있었다. 주름 하나 없이 빳빳한 다혜의 흰 셔츠 깃이 떠올랐다. 초인종을 눌러도 반응이 없었다. 다시 두 번을 더 눌렀으나 인기척도 없었다. 나는 톡을 보냈다.

> 너희 집 앞인데, 집에 없어?

> 왜 왔어. ㅠㅠ

> 다친 건 어떤지 궁금하고, 선생님이 케이크도 갖다주라고 해서.

> 그냥 가. ──

어떡해야 하나, 뻘쭘하게 서 있는데 네다섯 살쯤 되어 보이는 남자아이가 문을 빼꼼하게 열고 내다보았다. 다혜의 앙칼진 고함이 들려왔다.

"열지 말라고 했지! 왜 말을 안 듣니?"

살짝 열린 문 사이로 주방이 보였다. 아이는 문을 더 활짝 열어젖혔다. 얼핏 들여다본 집 안은 현관 앞이 바로 주방이었고, 입구는 한 사람이 겨우 지나갈 수 있을 만큼 비좁았다. 목둘레가 축 늘어진 티셔츠를 입은 다혜는 설거지하고 있었는지, 싱크대 앞에 의자를 놓고 앉아 있었다. 반바지 아래로 보이는 깁스한 다리가 굵은 나무토막 같았다.

아이에게 케이크를 건네주고 돌아서기도 전에 문이 쾅, 소리를 내며 닫혔다. 민망하여 잠시 머뭇거리는데 다시 문이 열렸다. 그리고 조금 누그러지긴 했으나 여전히 퉁명스러운 목소리로 다혜가 말했다.

"아래 벤치에서 기다려. 금방 내려갈게."

나는 다혜의 시선을 피하며 자리를 떴다. 다혜도 나와 눈길을 마주치려 하지 않았다.

"왜 그냥 나와?"

"여기서 기다리래."

"들어오란 말도 안 해?"

나는 아무런 대답도 하지 않고 벤치에 털썩 주저앉았다.

"언제 학교에 올 수 있대?"

"몰라."

"목발 짚고 천천히 걸을 수 있지 않을까?"

"넌 럭비공 차듯, 뭐든 그렇게 만만하냐?"

"너도 중2병이냐? 중2병 바이러스가 무섭게 번지나 보네. 널 보면 온 세상이 바이러스로 뒤덮일 기세야."

"우릴 중2병이란 틀 안에 가두지 말라며? 그런 말 한 사람이, 너 맞아?"

"너야말로 내가 그렇게 만만하냐?"

"아주 입만 동동 떠다니는구나."

"아니, 심장도 팔딱팔딱 살아 있다."

동준은 답답하다는 듯 가슴을 서너 번 퍽퍽 쳤다. 중간에 환유가 끼어들지 않았다면 우리의 유치한 말싸움은 끝없이 이어졌을 것이다.

잠시 후 교복으로 싹 갈아입은 다혜가 목발을 짚고 나왔다. 셔츠 깃은 여전히 빳빳하고 눈부시게 희었다.

"많이 아파?"

다혜는 내 옆에 앉아 땅바닥만 내려다보다가 환유의 질문에 힘없이 대답했다.

"정강이에 살짝 실금이 생긴 정도라 힘만 안 주면 괜찮아. 아픈 것 따위는……."

"학교는 언제 올 수 있어?"

"당분간 못 가."

더 낮아질 수 없을 만큼, 동굴로 기어들어 갈 듯한 목소리로 이야기하던 다혜의 말투가 갑자기 신경질적으로 높아졌다.

"아니, 아니, 문제는 그게 아니야. 다훈이 어린이집에서 데려와야 하는데, 애가 이리저리 뛰어다녀서 손을 꼭 잡고 다녀야……. 그래서 오늘은 어린이집에 못 보냈어."

다혜는 당장이라도 울음이 터질 것 같은 얼굴로 깁스한 다리를 바라보았다. 모두 말없이 땅바닥만 내려다보았다. 갑자기 다혜가 목발로 벤치 아래 잔디를 마구 두드렸다. 이어서 구덩이라도 팔듯 흙을 파헤치더니 목발을 던지듯 내려놓았다.

"아침엔 엄마가 데려다주고, 내가 4시에 데리고 오거든. 늦게 데리러 가면 어린이집 샘이 은근히 눈치 줘."

매일 수업만 끝나면 바람처럼 사라지던 이유가……. 다

혜는 화를 억지로 참으려는데 감정조절이 안 되는지 뺨과 입술이 미세하게 떨렸다. 양손으로 앞머리를 마구 헝클이기도 했다. 늘 새초롬하고 단정하던 다혜에게 이런 감정이 숨겨져 있다니, 우린 아무런 말도 건넬 수가 없었다.

'이다혜, 넌 항상 무슨 일이 그렇게 많으냐? 나도 엄청 바쁜 사람이거든!'

양동준이 했던 말이 다시 떠올랐다. 사실 그 말은 평소 내가 다혜에게 하고 싶었던 말이다. 동준이 대신해 줬을 뿐이다. 사건은 무심코 내뱉은 그 한마디가 시작이었다. 사소한 말 한마디가 해일이 되어 몰아닥치고 있었다. 나를 문설주라고 놀릴 때보다 수억만 배 더 양동준이 미웠다. 한바탕 지랄이라도 떨어야 마음속 응어리가 풀릴 것만 같았다. 그러나 모두 말없이 앉아 있었다. 한순간도 입을 다물고 있지 못하는 동준마저도 아무런 말이 없었다.

야옹야옹, 길고양이가 지나가다가 벤치 아래에 웅크리고 앉았다. 우릴 보고 도망도 안 가는 겁 없는 고양이였다. 환유가 가방을 뒤적이더니 과자를 꺼내어 손바닥 위에 올려놓았다. 고양이가 달려들어 허겁지겁 핥아먹었다. 봉지를 보니 고양이 사료였다.

"사료를 가지고 다녀?"

"응, 항상, 길고양이 만나면 주려고."

오래전, 공원에 주저앉아 고양이와 놀던 환유가 떠올랐다. 환유는 아예 고양이를 무릎에 올려놓고 사료를 먹여주었다.

"별아, 잘 지냈어?"

고양이는 환유의 가슴을 파고들며 야옹야옹, 이라고 대답하는 듯했다.

"별? 아는 고양이야?"

"아니, 내겐 모든 고양이가 다 별이야. 하늘에 별이 무수히 많은데 우리가 그 별 이름을 하나하나 다 알지 못하니까, 그냥 전부 별이라고 부르잖아. 난 모든 고양이를 다 별이라고 불러. 하늘이 아니라 땅 위에서 반짝이는 별······."

"나도 달보다는 별이 좋더라. 그냥 마음이 따뜻해져."

"나도, 밝은 달 옆에 존재감 없이 희미한 작은 별이, 꼭 나를 닮았어."

갑자기 다혜가 나지막하게 노래를 부르기 시작했다. 그

러자 동준이, 환유, 그리고 나까지도 천천히 따라 불렀다. 기괴하면서 뭔가 위로받는 느낌도 드는 악마의 속삭임…….

나는 아직도 중2♬ 태어나자마자 사춘기♬
정7각형 밟고♬ 꿈을 꾸기 시작했네♬

길고양이 덕분에 다혜의 마음이 조금은 누그러지고 우리는 평소에 나누지 못했던 이야기를 할 수 있었다. 다혜는 사료를 한 움큼 집어 별에게 먹여주며 목덜미를 가만가만 쓰다듬었다. 어떻게 알았는지, 작은 별 셋이 더 다가와 옹기종기 모여 앉아 사료를 나누어 먹었다. 우리는 한참을 별들과 함께 앉아서 오가는 별마다 사료를 먹여주었다. 사료가 다 떨어지자 우린 어색하게 손을 흔들며 헤어졌다.

집으로 걸어오면서 나의 별은 어디에 있을까, 생각해 보았다. 공원 산책로엔 흰 쌀알 같은 꽃잎이 눈처럼 펄펄 흩날리고 있었다. 아카시아 꽃잎처럼 손바닥으로 받아보려 했지만 역시 쉽지 않았다. 겨우 한 잎을 받아서 날아갈까 봐 손에 꼭 쥐고 걸었다. 이 작은 꽃잎 한 장이 나에게 별이 돼줬으면…….

S#

− 그래서 양동이, 어디로 어떻게 갈 건데?

− 잘!

피비야, 잘! 이라는 양동이의 말 한마디에 우린 KTX를 타고 블랙을 찾으러 가는 중이야. 기차는 초록빛 풍경을 가르며 뒷걸음질 치고 있어.

− 와, 묘하다. 내가 뒤로 가고 있어. 약간 메슥거리는 것 같기도 하고.

− 역방향이라 그럴 거야. 설주야, 바꿔 앉을까?

− 아니, 괜찮아. 시간이 거꾸로 흐르는 느낌이야. 그런데 우리, 정말 블랙을 만날 수 있을까…….

피비야, 지금 나는 화장실에서 나와 좁은 통로를 걸어가고 있어. 그때 내 좌석 건너편에서 한 남자가 일어나, 나처럼 화장실에 가려나 봐. 나는 몸을 최대한 한쪽으로 붙여서 남자가 지나갈 길을 내어줘. 남자가 내 옆을 스쳐 지나가는 순간 무의식에 불이 반짝반짝, 고개를 들어보니 검정 마스크야. 금테 안경의 모서리도 반짝!

나도 모르게 남자의 옷소매를 잡아. 남자는 뭐야? 하는 눈초리로 바라봐. 그리고 내 손을 뿌리쳐. 나는 다시 옷자락을 움켜쥐어. 남자가 나를 거세게 밀쳐내. 나는 남자의 팔을 꽉 꽉 꽉 잡아.

- 브, 블, 블랙이야

내 고함에 친구들이 우르르 몰려들어.

- 블랙이라고?
- 뭐? 블랙?

양동이와 환유가 동시에 달려들어서 남자의 멱살을 잡아. 다혜는 남자의 옷자락을 잡고 늘어져. 나는 여전히 남자의 팔을 놓지 않아. 이 와중에도 주위 사람들의 수군거리는 목소리가 또렷하게 들려.

- 중2? 요즘 중2들 정말 무섭다니까. 쟤들 무서워서 북쪽 김정은도 못 쳐들어온다잖아.
- 왜들 저래, 개념은 밥 말아 드셨나?

- 뭘 돕는다고 설쳐? 어설프게 돕다가 사건에 휘말리면 우리만 귀찮아져. 가만히 앉아 있어. 중2병이 얼마나 무서운 줄 알기나 해? 코로나바이러스보다도 더 강력하다고!

아, 야속한 승객들, 도와주지는 못할망정……. 남자가 거세게 다시 나를 밀어. 나는 바닥에 쓰러지며 나뒹굴어. 그제야 승객들이 승무원을 부르는 소리가 어렴풋이 들려. 영화에서 천천히 화면이 어두워지듯 내 눈앞의 모든 것이 블랙, 블랙으로 보여. 페이드아웃, 이어지는 완벽한 어둠…….

너도 중2병이니

다른 날보다 일찍 학교에 도착하니, 당분간 학교에 오지 못할 거라던 다혜가 유튜브로 영어 회화를 공부하고 있었다.
"다혜야, 어떻게 왔어?"
"양동준이 데려다줬어. 방과 후엔 동생도 어린이집에서 데려온다고, 내일은 환유가 도와준다고 했어."
난 왜 그런 생각을 못 했을까, 공연히 심통만 부리고 원망만 한 내가 부끄러웠다.
"잘 됐다, 화장실 갈 때나 뭐 필요한 거 있으면 콜!"
"뭐야, 팬티까지 내려줄 기세구먼."
다혜가 이런 농담을 하는 것이 처음이라 살짝 놀랬다. 다혜는 툭 한마디 던지고는 언제 그랬냐는 듯이 다시 새초

롬한 표정으로 돌아갔다. 그때, 무슨 좋은 일이 있는지 얼굴 가득 미소를 머금은 선생님이 들어왔다.

"얘들아, 조용히 좀 해봐. 급하게 의논할 일이 있어. 너희 「다큐 어게인」이란 텔레비전 프로그램 알아?"

네, 아니요, 하는 대답이 뒤섞여서 들려왔다.

"그 프로그램에서 우리 동아리를 취재하고 싶다는 제안이 왔어. '질병관리밴드'를 그대로 프로그램 소제목으로 사용하고, 어때?"

"와, 우리가 텔레비전에 나오는 건가요?"

"앗싸, 드디어 방송계로 진출하는구먼."

동준은 프로그램의 시그널 뮤직을 흥얼거리며 좋아했다. 대체로 찬성하는 분위기였지만 다 그렇지만은 않았다.

"이건 얼굴이 공개되는 거니까 거의 다 찬성해야 가능해. 반대하는 사람은 촬영하지 않는다든지, 촬영 후 모자이크로 편집한다든지, 방법은 있을 거야. 어쨌든 함께 의논해 보자."

조회 시간에 던진 선생님의 한마디로 분위기가 종일 어수선했다.

"난 싫어. 누군가 날 계속 관찰한다고 생각하면 불편해."

"이참에 머리 좀 길러볼까. 연예인들 봐, 다 머릿발이라니까."

"머릿발 좋아하네, 그것도 원판이 어느 정도 돼야 가능하지."

"패완얼, 패션의 완성은 얼굴이란 말도 몰라?"

쉬는 시간마다 모여서도 방송 얘기뿐이었다. 어수선한 분위기가 수업까지 이어져 들어오는 선생님마다 고개를 갸우뚱했다.

"오늘 2반 왜 이래, 집중이 안 되네. 뭔 일 있냐?"

* * *

이번 주 내내 두 사람 이상만 모이면 방송에 관한 이야기가 화제가 되었다. 몇몇 아이들은 방송국 홈페이지 '다시 보기'에서 찾아보기도 했다.

"그거 다 연기더라. 대본 있을 거야."

"아니야, 리얼 같아. 어쨌든 나를 다 드러내야 하는 적나라한 사생활 공개는 싫어."

"맞아, 나도 프라이버시가 있어."

오늘 동아리 활동은 우리끼리 자유롭게 토론한 다음, 「다큐 어게인」 팀이 와서 프로그램을 소개하고 질문도 받는다고 했다. 토론이 시작되자 나는 기록을 하느라 귀와 손이 바빠졌다. 녹음할까도 생각했으나 분량이 너무 많았다. 그걸 다시 듣는 건 시간 낭비라는 생각이 들었다. 선생님은 간섭하지 않겠다며 여느 때처럼 지켜보기만 했다. 모든 건 자율적으로 토론하고 결정하라고 했다.

- 난 촬영까지 하는 건 반대야. 우릴 관찰하겠다는 거잖아. 나는 중2가 되었다고 그리 달라진 게 없어. 예전에도 화나면 화내고, 짜증 나면 짜증 내고 그랬거든. 그런데 오히려 요즘 와서 눈치를 보게 되는 것 같아. 누가 나에게 중2병이라고 할까 봐서.

- 어젠 엄마가 "공부는 안 하고 텔레비전만 보고, 너도 중2병이니?" 하는 거야. 짜증 나서 텔레비전을 끄고 방으

로 들어가려니까 누나마저 "쟤 중2병 맞네, 맞아, 중2병이야." 하는데, 그냥 확 지랄 한바탕 떨어줬지. 난 가만있는데 주위에서 자꾸 지랄을 부추긴다니까.

- 우릴 중2병으로 몰아 심리적으로 위축시키려는 작전 아닐까. 그래, 너희 중2병이니까, 폭탄이니까, 중2가 무서워서 북쪽의 김정은도 못 쳐들어온다니까, 우리도 너희 안 건드릴게. 이런 느낌이야.

- 중2병에 대한 피로감에 빠진 것 같아. 버퍼링에 걸렸다고나 할까. 어쨌든 혼란스러워. 게다가 촬영까지 하는 건 절대로 반대야.

우리는 일단 「다큐 어게인」 팀의 설명을 들은 다음 투표하기로 했다. 네 사람의 팀원 중 PD가 프로그램을 소개했지만 별 내용은 없었다. 우리 의견을 최대한으로 반영해 줄 테니 함께 해보자는 설득이 대부분이었다.

설명을 듣고 있는데 팀원 중의 한 사람, 금테 안경의 예리한 각이 햇살에 반짝였다. 갑자기 콧속이 간질간질, 재채기가 나올듯하면서 시원하게 나오지 않아 답답했다. 금테 안경을 볼 때마다 뭔가 떠오를 듯 말 듯, 모든 감각이 기억을 더듬고 있었다. 그러고 보니 금테 안경을 쓴 사람이 꽤 많았다. 과학과 미술, 음악 선생님, 급식실의 조리사, 그리고 우리 할아버지도 금테 안경을 썼다. 헐, 교장 선생님도……

방송팀이 가고 난 후 투표가 진행되었다. 반장 선거 때보다도 분위기가 더 진지했다. 내가 지은 동아리 명칭 '질병관리밴드'가 프로그램 소제목이 된다니, 생각만으로도 설레는 일이었다. 이 기회에 나도 다꾸를 넘어 이젠 다꾸그램을 해봐야겠다고 생각했다. 다꾸를 사진으로 찍어서 인스타그램에 올리는 다꾸그램, '다꾸러'라고 불리는 다꾸그램 마니아들이 활동하며 전시도 하는 걸 본 적이 있었다.

투표지를 스물여섯 장 준비하여 찬성은 O, 반대는 X라고 표시하여 준비한 상자에 넣기로 했다. 회장인 양동준이 개표를 시작했다. 내가 칠판에 찬성, 반대라고 크게 쓰고 그 아래에 正으로 표시해 나갔다. 찬성, 찬성, 찬성, 몇몇이 와우, 하며 박수를 보냈다. 반대, 반대, 역시 몇몇이 좋아하며 목소리를 높였다. 동준은 O 또는 X라고 적힌 종이를 한 장, 한 장, 손을 높이 들어 모두에게 보여주며 확인하게 했다.

 찬성, 반대, 찬성, 반대가 이어지다가 13:12에서 개표가 잠시 멈췄다. 반대가 13표, 마지막 한 표의 개표만이 남았다. 두구두구두구두구……, 아이들은 책상을 마구 두드리며 긴장감을 부채질했다. 동준이 반으로 접힌 마지막 투표지를 조심스럽게 펼쳐서 보여주었다. X라고 표기된 투표지를 모두 볼 수 있도록 손을 높이 들어 흔들었다. 환영하는 박수와 동시에 비난의 야유가 터져 나왔다. 반대한 아이들은 큰 잘못이라도 저지른 양 슬슬 눈치를 살폈다.

 - 하고 싶은 사람만 하면 안 돼?

 - 그건 아니지. 우린 한배를 타고 같은 목적지를 향해서 가고 있어.

 - 목적지는 같아도 다른 걸 타고 갈 수도 있잖아.

- 맞아, 버스를 타든 비행기를 타든, '모로 가더라도 서울만 가면 된다.'라는 속담도 있는데.

- 그건 과정은 어찌 됐든 목적만 달성하면 된다는 뜻인데, 그 속담이 항상 맞는 건 아니지. 그렇다면 시험 성적을 올리기 위해서 커닝해도 괜찮다는 결론이잖아.

선생님은 투표 결과에 대하여 어떤 의견도 보태지 않았다.
"나는 「다큐 어게인」에 출연하는 것보다는 이런 과정이 더 소중하다고 생각해. 우리 동아리가 무슨 대단한 성과를 거둬야 한다고 생각하지도 않아. 그냥 있는 그대로인 너희 생각을 알고 싶어. 방송에 나가는 걸 모두 좋아할 줄 알았는데 그렇지 않구나, 그렇다면 왜 반대할까, 난 그 마음이 궁금할 뿐이야."
뭔가 대단한 일이 벌어질 줄 알았는데 시시하게 마무리가 되었다는 아쉬움을 떨쳐버릴 수가 없었다. 몇몇은 노골적으로 불만을 드러내기도 했다.
"에잇, 소심하기는, 뭐 그리 대단한 일이라고."

"그러게, 짜증 나."
"뭐가 그렇게 어려워?"

- 난 관찰당하는 것이 싫어. 촬영이 시작되면 지금까지처럼 자유롭게 토론할 수 있을까? 벌써 머릿발 같은 이야기도 나오잖아.

- 그래, 멋진 토론을 하고 싶고, 나를 잘 포장해서 드러내고 싶을 거야. 일부러 꾸미는 건 싫어. 나는 지금 이 자유스러운 분위기를 방해받고 싶지 않아.

토론을 마치고 간식으로 햄버거가 나오자 교실은 다시 시끌벅적해졌다. 날씨가 더워지면서 음식 냄새도 장난이 아니었다. 그래도 요즈음엔 양동준이 럭비공을 차지 않으니 그나마 덜 어수선한 것 같았다. 아······, 내가 공을 교탁 밑에 숨겨둔 게 생각났다. 그날 일이 민망해서인지 동준은 공을 찾지도 않았다. 나는 시침 뚝 떼고 여전히 모른척했다.

동아리 모임이 끝난 후, 환유와 동준이 다혜를 서로 집까지 데려다주겠다고 티격태격했다.

"둘 다 따라오면 죽는다."

한쪽 다리로 서서 목발을 휘두르며 다혜가 말했다. 다혜는 깁스한 이후 농담도 하고 대화에도 잘 끼면서 한결 밝아졌다. 마음을 털어놓아서 그런가, 나도 털어놓으면 가벼워질 수 있을까……. 비밀 그 자체보다도 지금까지 감추고 있다는 사실이 나를 더 주눅 들게 하는 것 같았다.

S#

피비야, 나도 털어놓으면 가벼워질 수 있을까……. 생각 또 생각하고 있는데, 우리 반 아이들이 다 함께 모여서 블랙을 찾겠다고 이리저리 뛰어다니고 있어. 이게 뭔 난리? 그런데 교장 선생님이 우릴 피해서 막 도망 다녀, 뭐지? 헐! 선생님이 지나간 자리에 바로, 바로 블랙의 금테 안경이 떨어져 있어. 순간 나의 식스 센스에 불이 반짝.

혹시, 혹시, 혹시 말이야, 교장 선생님이 블랙 아닐까? 우릴 피해서 도망가는 걸 보면 블랙이 틀림없어. 선생님은 곧 일당들을 몰고 들이닥칠 거야. 피비야, 나 좀 구해줘, 어서 나의 파수꾼이 되어줘!

내면아이 I

나는 우리 선생님도 중2병 증상이 있는 거 아닌가 하는 생각을 종종 한다. 중2병이 전염병이라면 그럴 가능성은 매우 크다. 주위가 온통 중2 바이러스로 득시글득시글하니까 선생님이 감염되지 않는 것이 오히려 이상할 지경이다. 선생님은 '조'와 '울'의 리듬이 주기적으로 변화를 보인다. 대부분 주초에 '울'의 감정이 나타난다. 그러나 기분이 좋지 않다고 해서 그걸 대놓고 드러내지는 않는다. 그저 말이 없고 잘 웃지 않을 뿐이다. 주초에 선생님은 우리가 무슨 말을 해도 응, 그래, 알았어, 하며 별 관심을 보이지 않다가 오늘 동아리 활동에서는 열정의 포텐이 한꺼번에 터졌다.

"오늘은 상상의 날개를 활짝 펼쳐서 중2병에 대하여 아무 이야기나 막 던져보는 거야. 현실적이어도 좋고 상상이나 망상도 대환영이야. 누군가 이야기를 꺼내면 거기에 마구 덧붙이기를 해도 좋아. 자, 시작해 볼까. 어차피 정답은 없는 거니까 그냥 막 질러보자!"

- 팬데믹 시대에 어른들은 거의 다 백신을 접종하고 QR로 증명해야 어디든 갈 수 있었잖아. 그렇다면 중2병도 코로나19처럼 백신을 개발할 수 있을까.

- 중2병이 질병이라면 무슨 과에서 진료할까. 내과나 외과는 아닐 테고, 소아청소년과일까.

- 신경과 아닌가. 중2병은 자아의 혼란에서 온다고 하던데 그게 뇌의 영향이라고 들었어. 그러니까 신경과가 맞을 거야.

- 중2병은 마음의 영역이지. 마음을 치료하는 건 정신건

강의학과잖아.

- 그만 좀 놀아라, 콜라 먹지 마라, 폰 그만해라, 텔레비전 그만 봐라, 하지 말라는 것이 왜 이렇게 많은지. 이러다간 숨 쉬는 것과 공부 빼고는 아무것도 하지 말라고 할 것 같아.

- 어른들은 기다릴 줄을 몰라. 뭐가 그렇게 바쁜지 빨리빨리, 어른들은 모두 빨리병에 걸렸어. 빨리병도 질병일까. 빨리병은 무슨 과로 가야 할까. 중2병 백신보다 빨리병 백신부터 개발했으면 좋겠어.

- 코로나19는 바로 백신을 만들었잖아. 홍역, 콜레라, 독감 등 다 백신이 있는데, 중2병 백신은 왜 없을까.

- 백신이 왜 없냐고? 중2병은 질병이 아니기 때문이지.

- 그래도 질병관리청에 의견을 모아서 보내볼까. 중2병

백신을 만들어 달라고 하자.

 우리는 당장이라도 질병관리청으로 몰려갈 기세였다. 나는 메모하며 머릿속으로는 다꾸를 상상하느라 몹시 분주했다. 선생님은 지금까지 내가 다꾸한 것을 보고 기록을 정말 잘했다고 칭찬해 주었다. 나는 다양한 펜과 스티커와 꽃잎, 나뭇잎, 사진, 어설프지만 그림까지 그려가며 다꾸에 온 정성을 기울였다. 아이들도 어쩜 이렇게 기록을 잘하냐고 추켜세우며 비결을 알려달라고 했다.

 나는 토론을 들으며 명사와 동사 위주로 메모했다가 나중에 문장으로 완성하여 기록했다. 무엇보다 중요한 것은 그날의 일은 그날 바로 기록하는 것이다. 기록하지 않은 대부분의 기억은 시간이 지나면 사라져 버리니까. 내가 다른 아이들보다 잘하는 게 있다는 사실만으로도 으쓱했다. 동아리 활동을 통하여 나도 몰랐던 내 재능을 발견하게 되었다. 그건 선생님도 마찬가지라고 했다.

 "토론을 지켜보면서 오히려 내가 더 많은 걸 배운다는 생각이 들어. 우리 동아리는 무슨 대단한 활동을 한다기보다는 토론하면서, 더 나아가서는 각자의 시간을 기록하면서 스스로 치유하고 성장할 수 있었으면 좋겠어. 그래서 나는 '청소년의 일기가 내적 성장에 미치는 영향'도 논문으로 쓸 계획이야."

* * *

시간이 어느덧 여름 한복판으로 깊숙하게 들어와 있었다. 점심시간이 지나고 5교시엔 매미가 더 극성맞게 울어댔다. 사실은 우는 게 아니라 노래를 부르는 것이라고 하는데 어쨌든, 아무리 요란하게 떠들어 대도 내 꿀잠까지 방해하진 못했다. 오히려 자장가처럼 달콤하게 들리곤 했다. 밀려드는 졸음과 싸우느라 이를 악물며 하품을 참고, 온몸이 꽈배기처럼 꼬이는 걸 반대편으로 틀어가며 안간힘을 쓰고 있는데 터키행진곡이 나를 구원해 주었다.

유리와 함께 매점에 가서 아이스크림을 먹고, 터키행진곡을 들으며 다시 교실로 돌아오니 6교시 수업은 국어였다. 선생님은 무슨 좋은 일이 있는지 싱글벙글, 얼굴에 미소가 가득 번지는 걸 숨기지 못했다.

"우리 동아리의 첫 체험활동인 방송은 다수결에 의하여 이뤄지지 못했잖아. 이번엔 두 번째 체험활동을 제안할게. 중2병 백신 개발에 관한 한설주의 기록을 내가 지도교수님에게 메일로 보냈거든. 그랬더니 방금 답장이 왔어. 읽어줄게 들어봐."

'질병관리밴드' 학생들에게

'청소년 마음연구소'가 지원하는 '질병관리밴드'가 모범적으로 활동하고 있다는 소식은 잘 듣고 있습니다. 특히 이번 중2병 백신에 관한 기록을 보니 매우 기발한 발상이라 놀랍고 흥미롭습니다. 이 토론 내용을 정신건강의학과 전문의께 보여드리니 동아리 전원을 국립운주병원에서 초대하겠다고 합니다. 이 병원은 정신건강 전문병원이며 부속으로 '청소년 정신건강복지센터'가 있습니다. 여러분의 동아리 활동에 큰 도움이 되리라 생각합니다. 방문 날짜를 의논하여 알려주세요.

- 이러다가 정말 백신이 개발되는 거 아니야? 백신이 개

발되면 뭐가 좋을까?

 - 백신이 개발되면 우린 공부만 하는 로봇이 되고 말 거야. 바른 생각만 하고, 바른 생활만 하는 중2 로봇들.

 - 선생님과 부모들이나 좋겠지, 속 썩이는 아이들이 없을 테니까. 백신을 1차 2차 3차 끝없이 접종하고, 잘 훈련된 개처럼 말 잘 듣는 청소년. 어른들을 위하여 우리가 백신을 꼭 맞아야 해? 난 접종 거부할 거야.

 - 백신 접종 안 하면 학교도 못 오게 하고, 설마 그런 건 아니겠지?

당장이라도 백신이 개발될 것처럼 분위기가 후끈 달아올랐다.
"기말고사가 끝나는 토요일에 방문하는 것으로 계획을 세울게. 교장 선생님께 보고하고 허락도 받아야 하니까. 이젠 분위기 좀 가라앉히고 기말고사에 파이팅! 하자."

아, 기말고사라는 장애물이 있었구나. 들떴던 교실 분위기가 순식간에 싸늘하게 식어버렸다. 그때 환유가 일어나서 질문을 했다.

- 선생님, 우린 계속 마음을 털어놓고 문제점을 이야기하는데 여기에 대한 답은 누가, 언제 해주나요?

순간, 나에게 '아직은'이라던 의사가 떠올랐다. 의사는 '아직은'이라고 말했을 뿐 '언제'라고는 가르쳐 주지 않았다. 그 '언제'는 언제일까……

"그래, '우린 지금 이런 상황인데, 그래서 뭘 어쩌라고? 해결책이 뭔데?'라고 묻고 싶을 거야. 이건 수학처럼 똑 떨어지는 정답을 구할 수 있는 문제가 아니라는 건, 모두 잘 알고 있지? 그래서 바로 지금, 우리가 함께 그 정답 없는 해답을 찾아가는 중이잖아."

선생님의 열정 그래프가 최고점을 향하여 달려가고, 덕분에 우리는 곧 그 해답을 찾을 수 있을 것만 같았다.

* * *

국립운주병원으로 가는 길엔 보슬비가 내렸다. 햇살이 너무 쨍쨍한 것보다 적당하게 촉촉한 것이 더 좋았다. 마음에도 습도가 있는듯했다. 바싹 말랐던 마음이 스펀지처럼 빗줄기를 쫙쫙 빨아들였다. 길가의 나무들은 짙은 초록으로 물들어 더욱 선명해졌고 버스 유리창에는 방울방울 빗방울이 맺혔다. 빗방울이 유리창에 부딪혀 또르르 굴러떨어지고, 그 자리를 다른 빗방울이 재빠르게 메꾸는 걸 한참 바라보았다.

내가 중2라는 현실과 지금 체험활동 하러 가는 길이 새삼 뿌듯하게 여겨졌다. 내 생각을 쓰고 동아리 활동을 기록하는 것이 존재감 없던 나에게 의미를 더해주었다. 빗방울을 하나, 둘, 헤아리다가 깜박 잠이 들었다가, 안전띠를 푸느라 달그락거리는 소리에 깨어났다. 하지만 버스는 아직도 달리고 있었다.

"5분쯤 더 가야 하니까 앉아서 기다려."

기다려……. 기다리라는 말이 가슴에 콕 들어와 박혔다.

우리에겐 기다리라면서 어른들은 왜 우리를 기다려 주고 지켜주지 못하는 걸까. 언젠가부터 기다리라는 말만 들어도 가슴 한편이 서늘해졌다.

버스는 들판을 달리다가 '질병관리밴드 학생들을 환영합니다.'라는 현수막이 걸린 병원 정문을 지나서 멈춰 섰다. 도착하자마자 우리는 강당으로 가서 원장님의 말씀을 들었다.

- 여러분을 초대하게 된 동기는 여러분이 중2병 백신을 만들고 싶어 한다는 이야기를 들었기 때문입니다. 어떻게 이런 기발한 발상을 하게 됐죠? 그런데 중2병은 예방 접종을 하는 것이 최선이 아니에요. 그 과정을 겪으면서 항체와 면역력이 생겨야 해요. 마음에도 근육이 있어요. 근육이 알차고 단단하게 여물도록 단련해야 합니다. 중2는 앞으로 건강한 몸과 마음으로 살아갈 수 있도록 준비하는 과정이에요. 어른들은 그걸 바라보고 기다려 주기만 하면 되는데, 그러기가 참 쉽지 않아요. 사실은 안전한 지름길로 데려가고 싶어서 그래요. 때론 길 아닌 미로도 헤매고, 낭

떠러지도 만나봐야 하는데 말이에요. 부모님이나 선생님, 그리고 여기 있는 나조차도 완벽하게 성숙한 인간이 아니랍니다. 우리는 영원히 성장 중인 사람들입니다.

 나는 원장님의 인사말을 부지런히 받아 적었다. 원장님의 말씀은 이해될 것 같기도 하고, 그래도 백신이 최선은 아니라는 말에 아쉽기도 했다. 더구나 선생님들마저 아직도 성장 중이라니, 그렇담 얼마나 더 성장해야 진짜 어른이 되는 걸까…….
 다음엔 트라우마와 '내면아이'에 대한 강의를 들었다. 강사인 의사 선생님은, 누구나 무의식 속에 어린 시절의 상처와 결핍을 지니고 있는데 그걸 '내면아이'라고 부른다고 했다. '내면아이'라는 말에 내 왼쪽 새끼발가락이 '나 여기 있어요.' 하듯 자꾸 꼼지락거렸다. 나는 마음이 균형을 이루지 못하고 항상 왼쪽으로 기울어져 있는 것 같았다. 트라우마라는 말에는 바로 블랙의 금테 안경이 떠올랐다.
 이어서 두 명이 한 조가 되어 상담실로 들어갔다. 나는 환유와 짝이 되었다. 상담사는 환유에게, 가장 마음을 열고 대화하고 싶은 사람이 누구냐고 물었다. 환유는 아빠라고 대답했다. 그러자 환유는 아빠가 되고, 상담사는 환유가 되어 즉흥 역할극을 했다. 이 관계가 '내담자(환유)'와 '보조 자아(상담사)'라고 상담사는 알려주었다. 나는 두 사람의 대화를 기록했다.

아빠 역할(환유): 넌 매일 고양이 동영상만 보고, 공부는 언제 할 거니?

환유 역할(상담사): 지금 막 공부하려고 했어요. 이것만 보고요.

아빠 역할(환유): 공부하려면 또 어지럽다고 할 거지?

환유 역할(상담사): 정말 어지러워요.

아빠 역할(환유): 정신력이 약해서 그런 거야. 여기 좀 봐, 33층 뷰가 얼마나 멋지냐? 널 위해서 이사까지 했잖아!

환유 역할(상담사): 어지러워서 못 보겠어요.

아빠 역할(환유): 어지러워? 너도 중2병이냐?

환유 역할(상담사): 중2병은 질병이 아니에요. 병 말고, 뭔가 다른 표현 없어요?

아빠 역할(환유): 다 너 잘되라고 그러는 거지. 나는 가난 때문에 얼마나 힘들게 공부했는지 알아? 너무 힘들어서 중2병에 걸릴 틈도 없었어, 중2병이 뭔지도 몰랐어. 학교에서 주는 급식 우유는 동생 갖다주려고 먹고 싶은 걸 꾹꾹 참으며…….

환유는 정말 아빠가 되기라도 한 듯, 숨 쉴 틈도 없이 많은 말을 쏟아냈다. 갑자기 환유가 상담사를 끌어안으며 울음을 터뜨렸다.

"환유가 마음이 힘들어서 어지러웠구나……. 이런 이야기를 아빠와 나눠본 적 있니? 환유가 아빠 마음을 모르듯 아빠도 네 마음을 모르시는 거야. 네가 중2가 처음이듯 아빠도 환유라는 중2 아들을 처음 경험하거든……."

상담사는 환유에게 마음을 안아주기 위하여 항상 기다리고 있겠다고 말했다. 몸이 아프면 병원을 찾고 약을 먹는 것처럼, 마음이 아플 때는 언제든 찾아오라며 등을 토닥이며 달래주었다. 나도 눈물이 나올까 봐 눈을 크게 부릅뜨며 꾹꾹 참았다.

옆 상담실에서 나오는 아이들도 뭔가 깊은 생각에 잠긴 듯 보였다. 슬쩍 바라본 양동준의 눈가가 유난히 발그레

했다. 아마도, 어쩌면, 다들 마음속에 새끼발가락 같은 '내면아이' 하나씩은 숨기고 있는 건 아닐까, 하는 생각이 들었다.

* * *

점심을 먹고 과일과 아이스크림 등을 먹으며 창밖을 내다보았다. 흰색 가운을 입은 남자가, 환자복을 입은 내 또래 남자아이와 산책하고 있었다. 두 사람은 커다란 타원형의 운동장을 거닐며 계속 이야기를 나누었다. 운동장 주위로 소나무가 빽빽했다. 숲과 사람이 어우러진 풍경이 무척이나 아름다웠다. 외모와 상관없이 사람이 아름답다고 생각된 건 처음이었다.

문득 아이가 멈춰 섰다. 흰색 가운을 입은 남자가 다가가 아이의 등을 두어 번 토닥였다. 마치 내 새끼발가락을 어루만져 주는 듯한 착각이 들어 발가락이 간질간질했다. 두 사람은 운동장과 내가 있는 곳 사이의 텃밭으로 걸어와서 쪼그려 앉았다. '힐링 텃밭'이라는 표지판이 보였다. 식

당이 1층이라 훤히 내다보였다. 남자아이는 너무 말라서 환자복이 헐렁헐렁했다. 저 아이는 어떤 '내면아이'를 품고 있어서 여기 입원했을까…….

두 사람의 행동으로 짐작해 보니 밖에서는 안이 들여다보이지 않는 유리창인 것 같았다. 아이가 토마토를 가리키자 남자가 꼭지를 땄다. 아이가 입을 크게 벌려 토마토를 와삭 깨물었다. 순간 내 입안으로 침이 가득 고여 나도 모르게 꿀꺽 삼켰다. 토마토가 떫은지 아이가 얼굴을 찡그리면서도 환하게 웃었다. 남자도 따라 웃었다. 두 사람을 바라보고 있자니 마치 시간이 멈춰 선 듯, 내가 낯선 우주에 와 있는 것처럼 느껴졌다.

발가락이 신발 속에서 자꾸 꼼지락거렸다. 나도 맨발로 바닷가를 걷고 싶고 수영장에도 가고 싶다, 맨발로 슬리퍼도 신고 싶다, 발가락을 햇볕에 보송보송하게 말리고 바람도 쐬어주고 싶다…….

"야, 문설주, 다들 강당으로 갔는데, 얼마나 여러 번 불렀는데, 안 들리냐?"

"……."

"헐, 정말로 문설주라고 해야 들리나 보네. 한설주라고 아무리 크게 불러도 못 듣더니."

강당에선 병원 직원과 환자들로 이루어진 합창과 오카리나 공연이 펼쳐졌다. 오카리나 연주는 마치 새가 노래하는 것 같았는데, 실제로 숲에서 오카리나를 연주하면 새들이 화답한다고 했다. 특히 우리 학교의 벨 소리인 터키행진곡을 연주할 때는 모두 손뼉을 치며 즐거워했다. 우리를 위한 세심한 배려라는 생각이 들었고 소중하게 대접해 주려는 정성에 마음이 푸근해졌다.

강당에서 전시실로 자리를 옮겼다. 디카시와 그림과 인형, 캘리그래피 등 소품들이 전시되어 있었다. 입원 환자들이 손수 만들었다고 했다.

"자연이나 사물이 나에게 넌지시 말을 걸어올 때가 있잖아요. 그 풍경을 사진으로 찍고 걸어온 말을 짧은 글로 표현하는 것이 디카시예요."

설명을 들으며 나도 디카시를 해보고 싶다는 생각이 들었다. 노래도 부르고, 오카리나 연주도 하고, 그림도, 인형 만들기도 다 따라 해보고 싶었다. 전시된 인형 중에는 펭

권도 있었다. 나는 펭귄 발가락을 어루만지고 상담사가 환유에게 했던 것처럼 토닥토닥 다독여 주었다.
'괜찮아, 발가락이 세 개뿐이지만 이 세상 어디라도 못 갈 곳은 없어. 오히려 미끄러운 얼음 위에서도 넘어지지 않고 잘 걸어 다니잖아, 조금 뒤뚱일 뿐이지······.'

* * *

돌아오는 버스 창밖으로 노을이 지고 있었다. 흐리던 하늘이 보라색인지 주황색인지, 온갖 색이 섞인 오묘한 빛깔로 물들어 갔다. 이 세상 모든 색이 하늘로 올라가 물결이 되어 출렁이는 것 같았다. 색깔은 흘러가는 구름에도 스며들어 아스라한 수채화를 그려냈다. 설핏설핏 구름에 가린 태양이 강 아래쪽으로 빠르게 내려가고 있었다. 태양이 있던 자리엔 불그스레한 흔적만이 남았다. 나는 유리창에 이마를 대고 나도 모르게 중얼거렸다.
"발가락, 그까짓 게 뭔데?"
"잠꼬대하냐, 발가락이 뭐 쨌다고?"

옆에 앉은 다혜가 물어도 나는 잠꼬대인 척하며 반짝이는 강물만 바라보다가, 정말 잠이 들고 말았다.

S#

피비야, 강물이 흘러가는 걸 바라보다가 어느새 잠이 들었나 봐. 양동이가 강가로 다가가 세수하고 있어. 손바닥을 오므려 물도 떠 마셔.

- 캬, 시원하다. 너희도 마셔.
- 에잇, 더러워.
- 아니야, 엄청 맑아.

양동이가 샌들을 벗고 강으로 들어가. 그리고 손바닥으로 물을 떠서 마구 뿌려대고 있어. 헉, 그런데 양동이 왼쪽 발가락이 세 개뿐이야! 환유도 샌들을 벗고 강으로 들어가는데, 피비야, 이럴 수가……, 환유 왼쪽 발가락도 세 개야! 환유도 양동이에게 물을 마구마구 뿌리고 있어. 다혜까지 강물에 발을 담그는데, 허걱, 피비야, 다혜는 오른쪽 발가락이 세 개뿐이야!

- 설주야, 들어와. 정말 시원해.

- 그래, 우리 맨발로 인증 사진 남기자. 프사에 올려야지. '블랙을 찾아서.'라고 상태 메시지도 쓰고.

나도 운동화를 벗어 던지고 뛰어 들어가. 우린 발을 물속에 나란히 담그고 사진을 찍어. 우리 네 사람의 발가락은 모두 합해서 서른두 개야. 4×8은 32, 맞지? 나는 잘못 계산한 거 아닌가 싶어서 자꾸자꾸 발가락을 헤아려 봐.

우린 첨벙첨벙 강물 위를 뛰어다니고 있어. 물방울이 마구마구 튀어 오르고, 물방울 방울마다 여름 햇살이 동그랗게 내려앉아. 동그란 무지개들이 사방으로 퐁퐁 날아다니고, 서른두 개의 발가락도 함께 날아다녀.

피비야, 너도 발가락이 몇 개인지 세어볼래? 혹시, 혹시 피비야, 너도?

내면아이 Ⅱ

"우리 워터파크 갈까?"

여름방학을 앞두고 유리가 먼저 제안했다. 점심을 먹고 다혜와 셋이 공중부양 춤 동영상을 보고 있을 때였다. 옆에서 듣고 있던 동준도 거들었다.

"좋다, 좋아, 고고!"
"넌 왜 끼냐, 왜 엿듣고 그래?"
"유리야, 그냥 들리는 걸 어쩌라고?"
"싸우지들 마, 난 어차피 못 가."
"다혜야, 왜, 왜, 왜 못 가?"
"4시에 동생 데리러 가야 해."

아쉬워하며 교실로 가는데 동준이 뒤따라오면서 계속

졸라댔다.

"가자, 우리 가자, 응?"

"우리 좋아하시네. 네가 왜 우리랑 우리냐?"

"우리가 우리지, 그럼 우리가 남이냐."

"말장난하지 말고 좋은 말 할 때 빠지라고 했지? 다혜가 안 된다고 했잖아."

"왜 안 돼, 다훈이도 데리고 가면 되지."

우리는 동시에 동준을 바라보았다.

"다훈이 데리고 다니려면 힘들어. 얼마나 힘이 넘치는지, 이리 뛰고 저리 뛰고 장난 아니야."

"다혜야, 넘치는 에너지는 발산해야지. 그때그때 터트려야 이담에 중2병에 안 걸리는 거야. 쌓이고 쌓여서 한꺼번에 폭발하는 게 중2병이잖아. 다훈인 내가 책임질게, 다 같이 가자."

다혜는 동준의 제안에 솔깃해서 바라보았다. 나는 동준을 쏘아보며 말했다.

"싫어. 난 물 무서워."

물이 무섭다는 내 말에 유리는 얼핏 내 눈치를 살피며

아무런 말도 하지 않았다. 마침 수업 시작을 알리는 터키 행진곡 덕분에 우리의 대화는 거기서 끊겼다.

워터파크는 사진이나 텔레비전에서만 봤다. 워터파크는 커녕 사우나 수영장도 가보지 못했다. 그곳은 어떻게 생겼을까, 집에 있는 욕조의 몇 배쯤 되는 크기일까, 도무지 상상조차 되지 않았다.

가족과 일본 여행 중이라며 유리가 노천탕 사진을 보낸 적이 있었다. 파란 하늘에는 페이스트리처럼 물결을 이룬 구름이 떠 있고, 나무들로 빼곡하게 둘러싸인 숲속 바위틈에 노천탕이 있었다. 노천탕엔 구름이 짙게 내려앉아 마치 유리가 하늘 한가운데에 앉아 있는 것처럼 보였다. 나뭇가지엔 눈과 서리가 얼어붙어 하얗게 반짝였다. 상고대라고 했다. 초록의 나무와 순백의 상고대가 함께 있는 풍경이 비현실적으로 여겨졌다. 노천탕 안에서 유리가 환하게 웃으며 아이스크림을 먹고 있었다.

또 다른 사진에는 유리가 탕 모서리에 발을 높이 올리고 비스듬히 누워 있었다. 파란 하늘을 배경으로 한 유리의 발이 눈처럼 희었다. 빨갛게 페디큐어를 하고 은색 별을 붙인 발톱이 도드라지게 반짝였다. 다시 내 새끼발가락이, 내 마음이 오그라들었다. 5교시 수업이 하나도 귀에 들어오지 않았다. 열 개의 빨간 발톱이 점점 자라서 머릿속이 온통 빨갛게 물들고, 은색 별이 자꾸 반짝였다. 수업이 끝나는 걸 알리는 터키행진곡 한 음, 한 음에서도 은색 별들이 후드득후드득 쏟아져 내렸다.

> 설주야, 가자~. 응? ㅋㅋ

> 무서우면 내가 꼭 안아줄게. 가자아아앙~.

> 물엔 안 들어가도 돼. 너 청룡 열차 좋아하잖아. 물 위를 살짝 스치는 아마존 보트만 타도 되고. ㅠㅠ

잠자리에 누웠는데 다혜가 계속 톡을 보내며 졸라댔다. 난 가고 싶은 생각이 솟아오르다가도 은색 별들이 자꾸 반짝이는 바람에 마음을 정할 수가 없었다.

> 다훈이 워터파크 한 번도 못 가봤어. 이 기회에 데려가고 싶어. 설주야, 제발!

다훈이 워터파크 한 번도 못 가봤다는 말에 나는 이모티콘을 클릭하고야 말았다. 토끼가 두 손을 번쩍 들고 'OK!'라고 외치는 이모티콘이었다.

나는 바로 쇼핑 사이트로 들어갔다. 샌들을 사야 했다. 앞이 트여 발가락이 훤하게 드러나는 샌들을 보니 다시 자신감이 오그라들었다. 나는 톡방으로 들어가서 '아무래도 못 가겠어. 쏘리, 쏘리.'라고 썼다. 그리고 보낼까 말까 망설이다가 그냥 잠이 들고 말았다.

아침에 일어나니 새로운 단톡방이 만들어져 있었다. 동준이와 환유까지 초대한 '워터파크gogo' 방이었다.

> 앗싸, 설주도 간단다. 언제 갈까? ㅋㅋ

> 주말은 사람 많으니까 평일에, 8월 9일. ^!^

> 좋아, 내가 온갖 할인권 다 끌어모아서 입장권 예매할게. 이 방면엔 내가 고수 아니냐. ㅋㅋㅋ

온갖 이모티콘이 춤추며 빙글빙글 돌고, 이단 옆차기와 앞구르기를 하며 꿈에 부풀어 있었다. 여기에 내가 찬물을 끼얹기에는 이미 늦었다. 늦어도 너무 늦었다. 마음 한편에선 내가 나를 유혹하는 속삭임이 들려왔다.

'앞으로도 워터파크는커녕 수영장도 가지 않고 살 거야? 이 기회에 가봐. 궁금하지 않니, 부럽지 않아?'

난 다시 쇼핑 사이트로 들어갔다. 샌들이 이렇게 다양하다니, 열 발가락이 훤하게 드러나는 샌들들, 색도 알록달록, 디자인도 조금씩 다 달랐다. 내 여덟 개의 발가락을 숨길 수 있을만한 걸 찾아보았다. 그중에 눈에 확 들어오는 게 있었다. 파란 바탕에 셋째와 넷째와 새끼발가락이 들어갈 자리에 커다랗고 샛노란 해바라기가 피어 있었다. 오호, 이런 샌들도 있었네. 발가락을 충분하게 가릴 수 있을 만큼 해바라기는 커다랬다. 나는 얼른 '바로 구매'를 클릭했다.

* * *

날씨가 좋아도 이보다 더 좋을 수 없을 만큼 좋았다. 우리는 지하철과 버스를 갈아타고 워터파크에 도착했다. 평일인데도 방학이 시작돼서인지 줄이 길게 이어졌다. 우린 인터넷 예매를 해서 바로 들어갈 수 있었다. 다훈은 동준의 손을 잡고 깡충깡충 뛰듯이 걸어 다녔다. 다혜는 손을 놓으면 안 된다고, 수십 번도 넘을 정도로 잔소리에 잔소리가 이어졌다.

"다혜 왜 저래?"

"우리 엄마보다 잔소리가 더 심하다."

"잔소리가 정말 사랑인가요, 다혜 씨."

우리는 킥킥거리며 놀렸으나 다혜는 꿋꿋했다. 음료수 흘리지 마라, 버스 좌석에서 발로 앞자리 차지 마라, 너무 큰 소리로 말하지 마라, ……하지 마라, ……하지 마라, ……하지 마라, 고막에 상처가 날 지경이었다. 마치 우리 엄마를 보는 것 같았다.

새삼 다혜가 달리 보였다. 새초롬하게 앉아서 딱 자기 할

일만 하던 다혜에게 이런 모습이 숨겨져 있었다니, 가까이 지낼수록 의외인 부분이 너무 많았다. 과자 부스러기가 입가에 조금만 묻어도 닦아주고, 머리카락이 바람에 날리면 가지런하게 빗기고, 계속 목마르지 않냐며 묻고, 옷에 먼지 한 톨도 없는데 털어주고……. 동준이가 손을 꼭 잡고 다니는데도 불구하고 다혜의 잔소리는 끊이지 않았다.

내 컨디션은 완벽했다. 청반바지에 노란 크롭 티셔츠를 입고, 샌들엔 샛노란 해바라기까지 피어 있으니 옷차림도 완벽했다. 게다가 해바라기 덕분에 새끼발가락이 보이지 않으니 저절로 콧노래가 흘러나왔다. 발가락 사이사이로 바람이 넘나들어 걸음이 날아다닐 듯 가벼웠다.

"넌 나와서도 터키행진곡을 흥얼거리냐, 지겹지도 않아?"

"큭큭, 나도 모르게 중독됐나 봐."

"설주 너, 노랑 깔맞춤이구나!"

"너도 못지않구먼, 핑크 공주님!"

"다헨 동생과 초록 스트라이프 커플 티, 다훈이 잃어버려도 금방 찾을 수 있겠어."

"어딜 가나 옷 타령은, 우리 누나도 외출하려면 옷을 몇 번씩 입었다 벗었다 하는지, 내가 보긴 다 거기서 거기구먼."

"어떻게 거기서 거기냐? 네가 그 한 끗 차이를 볼 줄 모르는 거지."

동준은 툴툴대면서도 다훈을 잘 보살피고, 환유는 의젓하게 우리가 흘린 물건들을 챙기곤 했다. 우린 날씨만큼이나 환상의 팀이었다. 물 위를 미끄러지듯 달리는 아마존 보트는 무서워서 꺅꺅 소리를 지르고 연신 물벼락을 맞았지만, 또 타고 싶었다.

파도 풀도 대박 감동이었다. 나는 샌들을 벗어 던지고 재빠르게 풀로 뛰어 들어갔다. 밀려오는 파도를 온몸으로 맞으니 감동이 마구마구 밀려들었다. 파도는 나를 모래밭에 내동댕이쳤다가 다시 파도 위로 데려가기를 반복했다. 그때마다 입안으로 물이 왈칵 밀려 들어와도 즐겁기만 했다.

"설주, 쟤 왜 저래. 물 무서워서 안 온다고 뺄 땐 언제고, 완전 혼자 신났네."

친구들의 핀잔도 들리지 않았다. 점심은 돈가스와 피자

로 빵빵하게 먹은 후 돗자리를 펴고 누웠다. 하늘이 정말 새파랬다. 내가 본 하늘 중 가장 투명한 파랑, 파도처럼 넘실대는 파랑에 눈이 부셔 잠깐 눈을 감았더니 온몸이 따뜻한 햇볕에 노글노글, 녹아내리는 것 같았다.

"설주야, 화장실 안 갈래? 우린 화장실 가니까 다훈이 좀 보고 있어."

"응, 응, 으음……."

나는 다훈이 종알거리는 소리를 들으며 누워 있었다. 소리가 점점 멀리 아득해지며 잠깐 꿈을 꾼 것 같기도 하고…….

"다훈이 어딨어?"

다혜의 날 선 목소리에 나는 깜짝 놀라 일어나 앉았다. 분명 종알거리는 소리를 계속 듣고 있었는데…….

"다훈이 어디 갔냐고?"

네 사람이 나를 바라보며 다그치고 있었다. 다혜는 아직 조심해야 한다던 발까지 세게 굴러대며 소리를 질렀다. 나는 아무 말도 못 하고 주위를 두리번거렸다. 이대로 땅속으로 꺼져버리거나 시간이 멈춰버렸으면 좋겠다고 생각했다. 모두 당황하여 쩔쩔매는데 환유가 나서서 상황을 정리했다.

"다혜는 여기서 기다려, 동생이 여기로 돌아올지도 모르니까. 난 다훈이 찾는 방송을 신청할게. 너희 셋은 각기 다른 방향으로 흩어져서 찾아봐."

다혜는 이미 얼굴이 눈물, 콧물로 범벅이 되어 번들번들했다. 나도 눈물이 흘러나왔다. 환유가, 넌 저쪽으로 가보라는 방향으로 걷기 시작했다. 세상이 천천히, 빙빙 돌아갔다. '초록 스트라이프, 초록, 초록, 초록 줄무늬…….' 계속 중얼거리며 방향도 못 잡고 그저 맴돌기만 했다. 사람들이 모두 초록 줄무늬 티셔츠를 입고 내 주위를 빙글빙글 도는 것 같았다.

초록 줄무늬 티셔츠를 입은 다섯 살, 이다훈을 찾는다는 방송이 흘러나왔다. 그때, 앞에 초록색 스트라이프 티셔츠가 보였다.

"혼자 가면 어떡해?"

나는 달려가서 다훈을 껴안았다. 곧이어 앙칼진 여자 목소리와 함께 남자가 내 팔을 꺾다시피 하며 날 떼어내려고 했다. 난 다훈을 빼앗기지 않으려고 더욱, 세게 꼭 끌어안았다.

"뭐야, 왜 우리 아일 끌어안아? 아이가 울잖아!"

아이가 울음을 터뜨리자 난 그제야 똑바로 바라보았다. 아이는 줄무늬가 아니라 그냥 초록색 티셔츠를 입고 있었다.

"동생을 잃어버렸니? 부모님은 함께 안 왔어?"

나를 밀어내던 남자가 조금은 누그러진 목소리로 물었다. 눈물로 남자의 얼굴이 희부옇게 보이는데, 이다훈을 찾는다는 방송이 연거푸 흘러나왔다. 남자가 갑자기 고함을 치기 시작했다.

"초록 줄무늬 티셔츠를 입은, 다섯 살 남자아이를 잃어버렸어요!"

사람들의 목소리가 메아리의, 메아리의, 메아리가 되어 울려 퍼졌다. 여기저기서 사람들이 초록, 줄무늬, 스트라이프, 다섯 살, 남자아이라고 하는 소리가 웅성웅성 들렸다. 나는 목이 메어서 다훈일 부르지도 못하고 자꾸 눈물만 흘렸다. 시간은……, 시간이……, 시간을……, 조금만 되돌릴 수 있다면 난 뭐든지 할 수 있겠다고 생각했다. 방송에서도 계속 초록 줄무늬 티셔츠를 찾고 있었다.
"저기, 핫도그랑 아이스크림 파는 푸드트럭 있잖아요. 거기서 방금 그런 남자아이 본 것 같은데……."
지나가던 여자가 손가락으로 가리키는 방향으로 남자가 달리기 시작했다. 나도 따라서 뛰었다. 숨이 차올라 정수리가 후끈후끈하게 달아오르고 심장이 터질 것 같았다. 푸드트럭 앞에 초록 줄무늬 티셔츠가 보였다. 나는 달려가서 다훈을 껴안았다.
"혼자 왜 여기까지 왔어?"
"아이스크림 사달라고 하니까 누나가 응, 으응, 하면서 잠만 잤잖아. 그래서 우리 누나 찾으러 왔지."
나는 얼른 아이스크림을 사서 다훈에게 쥐여주었다. 그러나 정신이 홀딱 나가서 남자에게는 고맙다는 인사도 하지 못했다. 겨우 정신을 차렸을 땐 이미 사라지고 없었다. 나는 다혜에게 전화를 걸었다. 다혜는 대답도 없이 계속 흐느끼기만 했다.
돌아가면서 어림짐작해 보니 100m도 떨어지지 않은 거리였다. 다훈을 보자 다혜는 동생을 껴안고 계속 볼을 비벼댔다. 나는 돗자리에 쓰러지듯 주저앉았다. 다혜는 다훈이 입을 닦아주고 옷도 털어주고 머리를 쓸어 넘겼다. 다훈은 왜들 이러지? 하는 어리둥절한 표정으로 아이스크림을 핥아 먹었다.

"다혜야, 미안해."

나는 목이 메어서 잘 나오지도 않는 목소리로 사과했다. 대꾸가 없어서 다시 사과했으나 다혜는 다훈이만 쓰다듬으며 여전히 대답이 없었다. 단단하게 화가 난 것 같았다. 내가 다혜였다면, 나라도 그럴 것 같아서 무슨 말을 더할 수도 없었다. 다훈을 사이에 두고 양편으로 앉은 두 사람의 거리가 한없이 멀게만 느껴졌다.

"어? 설주 누나, 발가락이 왜 그래?"

깜짝 놀라서 내려다보니, 왼쪽 샌들이 없었다. 아……, 아까 다훈이 찾으러 푸드트럭으로 달려갈 때……. 다혜의 시선이 내 왼쪽 발에 꽂혔다. 놀란 표정을 애써 숨기려는 것이 훤하게 보였다. 난 아무 말도 못 하고 앉아 있었다. 다시 눈물이 흐르기 시작했다.

"야야, 찾아서 정말 다행이다."

세 사람은 서로 "너 보고 보랬잖아.", "네가 본다고 했잖아.", 티격태격하며 다가오고 있었다. 나는 샌들을 신은 오른발을 얼른 왼쪽 새끼발가락 위로 포개었다. 그새 유리는 내 발가락을 보았는지, 내 발과 얼굴을 힐끔힐끔 번갈아서 훔쳐보는 게 느껴졌다. 공연한 자격지심인가……. 동준이 한심하다는 듯 나에게 물었다.

"설주야, 넌 또 왜 우냐?"

"저기, 설주 누나, 발……."

다혜가 재빠르게 다훈의 입을 아이스크림으로 틀어막았다. 다훈의 입가가 아이스크림으로 허옇게 범벅이 되었다.

"설주가 새로 산 샌들 잃어버렸다고 울고불고 난리다. 너희가 좀 찾아봐라. 저쪽에서 왔으니까 거기 어디쯤 떨어져 있을 것 같은데."

갑자기 다혜가 화장실에 가겠다며 동생의 손을 잡아당겼다. 다훈은 싫다고 칭얼거렸지만, 다혜는 입이랑 손을 씻어야 한다며 억지로 끌듯이 데리고 갔다. 동준은 짜증 난다고 투덜대면서도 환유와 함께 금방 찾아서 돌아왔다.

동준은 샌들을 내 발밑에 던지듯 내려놓았다.

"이깟 일로 울고불고 난리냐? 아침부터 깔맞춤이 어쩌고 오바, 육바를 떨더니."

나는 고맙다는 말도 못 하고 냉큼 샌들을 신었다. 내 발가락에는 아무도 관심이 없는 건지, 못 본 건지, 알 수가 없었다. 악플보다 무플이 더 불안하고 서운하다는 마음을 이해할 수 있을 것 같았다. 유리는 나를 똑바로 바라보지 않고 자꾸 딴청을 피우는 듯했다. 그렇다고 내 발가락을 봤냐고 물어보기도 뻘쭘했다.

"이젠 달맞이 열차만 타면 끝이다. 고고!"

달맞이 열차는 언덕 위에 있어서 조금 걸어 올라가야 했다. 열차가 맨 꼭대기에 이르렀을 때, 달이 손에 잡힐 듯 가까이 보여서 달맞이 열차라 부른다고 했다. 열차를 타려고 줄을 서서 기다리는데, 뜻밖에도 환유가 타기 싫다고 했다. 달맞이 열차가 조금씩 위로 올라가는데 밑에 쪼그려 앉아 있는, 점점 작아지는 환유를 내려다보니 공연히 마음이 아릿했다. 역할극 할 때도 어지럽다고 하더니, 고소공포증인가…….

혹시 낮달을 볼 수 있을까 기대했지만 보지 못했다. 열차를 탄 후 걸어 내려올 때는 너무 피곤해서 이대로 쏙, 집으로 순간 이동하고 싶었다.

버스를 기다리는데 다훈이 잠이 들어서 동준이 안고 탔다. 유리가 환유와 나란히 앉게 되어 나는 어쩔 수 없이 다혜와 함께 앉았다. 말을 걸기가 머쓱하여 눈을 감고 유리창에 이마를 기대었다. 이 와중에도 얼마나 곤히 잤는지, 내가 코 고는 소리에 내가 깜짝 놀라서 깼다. 다시 조느라고 고개가 자꾸 앞으로 꺾이는데 다혜가 손을 뻗어 목을 받쳐주었다. 나는 자는 척 가만히 눈을 감고 있었다. 다혜의 손길은 말랑말랑하고 따뜻했다.

* * *

마을버스에서 내려 집으로 걸어가는 길에 하늘을 보니 푸르스름한 반달이 걸려 있었다.

"아까 못 본 달이 여기에 있네."

"같이 다니기 정말 힘들다. 낮에도 달, 달, 하더니 또 달

타령이냐."

"둔한 남자들이 여자의 섬세한 감성을 어찌 알겠느냐."

"그래, 그래, 섬세한 감성에 지쳐 졸도할 지경이다. 다신 너희와 어디 안 가. 정말 하루가 버라이어티했다."

"나도 다신 함께 가고 싶은 마음 눈곱만큼도 없다."

"어쩐 일로 설주가 조용하냐. 다훈이 때문에 놀라서 아직도 영혼이 안드로메다를 헤매는 거야?"

나는 달을 올려다보았다. 마음속 무거운 짐 하나가 툭 떨어져 나간 것처럼 홀가분하기도 했다. 그러나 동준이까지 알게 되면 문설주라고 놀렸던 것보다 더 심하게 놀려댈 텐데, 혹시 내 앞에서 펭귄처럼 뒤뚱뒤뚱 걸어 다니는 건 아닐까……. 축 처져서 걷고 있는데 동준이 내 팔을 툭 치면서 말했다.

"어떤 상황에도 불구하고 웃으면 복이 온다. 이게 우리 집 가훈이야."

항상 유쾌한 모습을 바라보며, 양동준 마음에는 내 새끼발가락 같은 '내면아이'는 없을 거라는 생각이 들었다. 그런데 운주병원에 갔을 때, 상담실에서 나오며 왜 눈시울을

붉혔을까……. 나는 동준의 뒷모습이 보이지 않을 때까지 멍하니 그쪽을 바라보았다. 동준은 나지막하게 노래를 부르며 걸어갔다.

나는 아직도 중2♪ 태어나자마자 사춘기♪

정7각형 밟고♪ 꿈을 꾸기 시작했네♪

동준이 달을 향하여, 마치 달을 따라 걸어가고 있는 것처럼 보였다.

S#

― 설주야, 너는 시간을 본 적 있어?

넌……, 우리 반 최예서? 네가 피아노 연주를 잘해서 콩쿠르 나갈 때마다 상을 받는다는 건 이미 잘 알고 있지만, 난 너하고 한 번도 말을 나눠본 적 없는데, 네가 왜 내 꿈에 나오는지……, 어쨌든.

― 예서야, 시계를 말하는 거야? 당연히 시계는 많이 보았지.

- 설주야, 시계 말고 시간 말이야.

- 시간? 아니, 못 봤어. 넌 본 적 있어?

- 물론이지. 피아노 연주하다 보면 내 영혼이 쑥 빠져나가서 건반 위를 막 뛰어다니는 게 느껴질 때가 있거든, 그때 시간이 보여.

- 정말? 나도 보고 싶다.

- 그럼 내가 시키는 대로 따라 해. 지금 당장, 네가 덮고 있는 이불의 양쪽 끝자락을 잡아. 아주 꼭 잡아야 해, 꽉!

- 잡았어.

- 뛰어!

- 뭐라고?

- 있는 힘을 다해서 달려! 장대높이뛰기 선수처럼 말이야.

- 지금 달리고 있어. 그런데 예서야, 나, 발가락이…….

- 그런 시시껄렁한 소리는 집어치우고, 자, 이제 마법의 주문을 외워봐.

나는 아직도 중2♬ 태어나자마자 사춘기♬

정7각형 밟고♬ 꿈을 꾸기 시작했네♬

- 아, 앗! 나 지금 날아, 두둥실 날아오르고 있어. 구름 위를 날고 있어.

- 날다 보면 곧 시간과 딸깍, 하고 만나는 순간이 있을 거야. 그때 시간이 보여. 아주 찰나라서 정신 바짝 차려야 해.

- 너 말고, 시간을 봤다는 얘기는 들어본 적이 없어.

- 아무도 못 봤다고 아예 없는 건 아니지. 넌 공기를 본 적 있어?

- 아니.

- 그렇다고 공기가 없니? 대답해 봐, 공기가 없어?

- 있지, 어떻게 공기가 없어?

- 그러니까 넌 곧 시간과 만나게 될 거야. 대신 절대로 멈추면 안 돼. 이불자락을 꽉 잡고 계속 날아봐. 그럼, 바이 바이……

- 예서야, 어디 가? 최예서, 같이 가!

- 설주야, 시간은 함께 나눠 가질 수 없어. 너에겐 너만의 시간이 흐르고, 나에겐 나만의 시간이 있는 거야. 우린 각자 시간의 주인님이지. 그러니 너의 시간을 보려면 느리게라도 꾸준히 날아야만 해. 네가 멈추면 시간도 함께 멈춰버

려서 영원히 만날 수 없을지도 몰라. 날다 보면 시간이 네 옆으로 슬며시 다가와, 문득 만나게 되는 순간들이 있을 거야…….

피비야, 피비야, 예서가 사라졌어! 피비야, 대답 좀 해봐. 내 목소리가 들려? 넌 지금 뭐하니? 난 지금 시간과 만나기 위해 날아가고 있어.

피비야, 내 꿈을 부탁해

일요일 저녁에 유리와 함께 산 쪽으로 올라가는 길을 산책했다. 공원 울타리에는 코스모스가 색색의 얼굴을 자랑하며 가을이 왔음을 알리고 있었다.

다혜네 아파트 쪽으로 올라가는 길목에서 다훈을 만났다. 엄마인 듯한 여자와 함께 있었다. 여자는 동네에서 늘 보던 엄마들과는 달리 옷차림이 화려했다. 9월에 입기엔 좀 추워 보이는 민소매 꽃무늬 원피스에 반짝이 구슬이 달린 샌들을 신고 있었다. 귤색으로 페디큐어를 한 발가락이 하얗고 예뻤다.

"누나, 우리 엄마 이쁘지?"

다훈이가 뽐내듯 말했다.

"그래, 무지무지 이쁘시다. 누난 함께 안 나왔어?"

"누나는 싫대. 우리 누난 까칠해, 까칠이 누나야."

어린아이가 까칠이라는 단어를 사용하는 것이 무척 귀여웠다. 다혜를 가장 적절하게 표현하는 말 같아서 미소가 저절로 지어졌다.

"난 엄마랑 짜장면 먹으러 간다."

다훈은 엄마 손을 잡고 토끼처럼 폴짝폴짝 뛰어갔다.

"다혜랑 떡볶이 먹으러 갈까?"

다혜를 만날 계획은 없었으나 유리가 다훈의 뒷모습을 바라보며 말했다. 워터파크에 다녀온 이후로 나만의 기분 탓일까, 자꾸 다혜의 눈치를 보게 되고 주눅이 들었다. 이 기회에 유리와 함께 만나면 좋을듯싶어서 나는 얼른 다혜에게 톡을 보냈다.

> 너희 집 근천데 떡볶이, 콜? ㅋㅋㅋ

다혜는 전과는 달리 목둘레가 축 늘어진 티셔츠를 입은 채로 나왔다. 조금 전 만났던 다혜 엄마의 옷차림과 비교

가 되었다.

"막 뛰어왔어."

"이젠 완전하게 다 나은 거야?"

다혜는 제자리에서 발을 탁탁 구르다가 뛰어 보이기까지 했다.

"너 생각했던 것과는 달리 엄청 털털하다. 원래 그랬어?"

"유리야, 내가 어땠는데?"

"털털은 아니지. 차라리 까칠이 어울려."

"나 원래 자유롭고 쉬운 여자야."

"그게 무슨 뜻이야?"

"털털이 영어로 프리 앤 이지래."

"오, 그런 영어는 어디서 배워? 넌 학원도 안 다니잖아."

"유튜브, 요즘은 미국 드라마 보는 재미에 푹 빠졌어."

"다 알아들어?"

"그냥 짐작으로 들어."

유리는 공부 잘하는 아이들이 가장 부럽다며, 그리고 다혜 너는 재수 없을락 말락 하면서도 친해지고 싶다며 활짝 웃었다. 유리는 정말 비틀리고 꼬인 구석 하나도 없이 정말 이름처럼, 항상 유리알처럼 맑고 투명했다.

우리는 조금 걷다가 산어귀의 공원 벤치에 앉았다. 공원 여기저기에도 코스모스가 활짝 피어 있었다. 같은듯하면서도 색깔이나 생김새가 조금씩 다 달랐다. 덥지도 춥지도 않은 날씨에다가 초가을의 바람마저 상쾌했다.

"난 엄마와 안 친해. 말도 잘 안 해."

묻지도 않았는데 다혜가 불쑥 엄마 이야기를 꺼냈다.

"좋겠네."

"뭐가?"

"엄마랑 말 안 할 수 있어서 좋겠다고."

"유리야, 진심이야?"

"가끔은……. 우리 엄만 말을 안 할 수 있게 날 내버려두질 않아. 혼자 조용히 있고 싶을 때도 있잖아. 엄마는 잔소리를 사랑이라고 착각하는 것 같아. 그런데 넌 심각한 말을 아무렇지도 않은 듯이 하는 묘한 재주가 있네."

유리야말로 다혜의 심각한 이야기를 대수롭지 않게 받아주는 묘한 재주가 있었다. 전혀 다른 스타일의 두 사람은 성의 없이 툭툭 말을 주고받는 것 같으면서도 잘 어우러졌다. 오히려 내가 머쓱할 정도로 두 사람은 오랜 친구처럼 스스럼이 없었다.

"우리 엄마는 가수가 꿈이란다."

"가수?"

"응, 싱어."

"와우, 멋있는데!"

"뭐가 멋있냐, 마흔도 넘어서 꿈 타령이나 하는 게 멋있니?"

"꿈에 나이가 어딨어?"

다혜는 유리를 뚫어질 듯 바라보다가 하늘을 올려다보았다.

"회사 다니랴, 살림하랴, 피곤하다면서도 밤에는 노래 연습하러 다니는데, 정말 멋있냐?"

우리는 벤치에 나란히 앉아 발을 흔들흔들 서로 부딪으며 하늘을 올려다보다가, 코스모스도 하나, 둘, 헤아리다가, 오가는 사람들을 바라보며 말없이 앉아 있었다. 유리가 갑자기 생각난 듯 툭 한마디 던졌다.

"나, 블랙 봤다."

"어디서? 언제?"

"지난 금요일에 청소하고 혼자 내려오는데 미술실에서 툭 튀어나오더라고. 네 말대로 검은색 옷에 모자와 마스크, 온통 블랙인 데다가 금테 안경도 썼더라."

"많이 놀랐겠다."

"놀라긴 했는데 무섭진 않았어. 날 보고 도망간다기보다는 그냥 자기 갈 길 간다는 듯 당당함? 그러다가 갑자기 슬릭백 스텝으로 복도 끝까지 걸어가는 거야. 스타일이 늘씬하고 눈초리만 봐도 잘생겼을 거 같은 분위기, 뭔지 모르게 매력 있었어, 아우라!"

여기저기서 불쑥불쑥 튀어나오는 블랙의 흔적을 정리하려 나는 머리를 서너 번 저어보았다. 그러나 머릿속은 오히려 더 복잡하게 뒤엉키는 것 같았다.

"유리 너, 또, 또, 잘생긴 거 무지 밝히는구나. 그러다가 블랙에게 영혼을 털리고 말걸?"

"그려, 나 금사빠다, 눈길만 스쳐도 금방 사랑에 빠지는 여자야. 아, 나도 누군가에게 영혼을 빼앗기고 싶다."

"나는 이미 보라색 하늘에 마음을 빼앗겼어."

다혜는 숨까지 쿵쿵, 들이마시며 하늘을 올려다보았다. 저녁에서 밤으로 넘어가는 하늘은 차츰 옅은 보라색으로 물들어 가고 있었다. 파란 하늘에 붉은 물감이 한 방울 똑 떨어져 서서히 번져가는 것처럼 보였다. 이렇게 셋이 앉아 있는 게 행복하면서도 한편으론 외로운 느낌도 들었다. 파랑에 붉은 물감이 번지듯 쓸쓸함이 서서히 스며들었다. 이런 감정은 처음이었다. 이건 뭐지, 드디어 블랙에게 영혼을 털린 건가, 외로운 이유가 뭔지도 모르겠고 야릇한 감정에 사로잡혔다.

"떡볶이 먹자며, 분위기 왜 이래?"

"그래, 가자, 가자, 고고."

나는 혼란스러운 감정을 들키고 싶지 않아 호들갑을 떨며 일어섰다. 그러자 다혜가 다가와 슬며시 내 팔짱을 끼었다. 순간 눈두덩이 시큰해졌다.

* * *

떡볶이를 먹고 다혜를 데려다준다는 핑계로 다시 산책하고, 아파트 놀이터에서 유리와 나란히 그네에 앉았다. 나는 그네를 세게 구르는 것보다 그냥 흔들흔들하며 앉아 있는 걸 더 좋아했다.

"설주야, 나 다혜 엄마 누군지 알아."

"누군데?"

"오디션 프로그램에서 봤어. 확실해."

유리는 유튜브를 찾아 보여주었다. 까만 시스루 블라우스에 보라색 통바지를 입은 여자가 긴 머리카락을 앞뒤로 흔들며 노래를 부르고 있었다.

"이런 음악을 록이라고 하는 거지?"

"응, 맞네, 멋있다."

그때, 유리 엄마로부터 전화가 걸려 왔다. 전화를 받은 유리는 입을 삐쭉거리며 투덜거렸다.

"빨리빨리, 뭐든 빨리빨리, 우리 엄만 빨리병에 걸린 것 같아. 빨리병도 질병이지? 빨리 학교 가라, 빨리 공부해라, 빨리 일어나라, 빨리 밥 먹어라, 빨리 들어와라, 빨리빨리, 빨리……."

유리는 노래를 부르듯 빨리빨리, 라고 중얼거리며 집으로 들어갔다. 나는 혼자 그네에 앉아서 하늘을 올려다보았다. 눈썹처럼 보이는 초승달이 검푸른 하늘 위에 드러누워 조각배처럼 천천히 흘러갔다. 나는 달을 바라보면서 조그맣게 흥얼거렸다.

나는 아직도 중2♪ 태어나자마자 사춘기♪
정7각형 밟고♪ 꿈을 꾸기 시작했네♪

"얘, 너 아까 만난 다혜 친구 맞지?"

돌아보니 다혜 엄마가 유리가 앉았던 그네에 앉아 있었다.

"다훈이 데려다주고 산책하러 나왔어. 넌 이름이 뭐야?"

"설주예요, 한설주."

"이름 예쁘다."

"예쁘긴요, 문설주라고 놀림 많이 받아요."

"흥, 그런다고 한설주가 문설주 되냐?"

옷차림이나 태도, 말투까지도 여느 엄마들과는 달랐다.

매력적이라는 느낌과 함께 다혜가 엄마 닮아서 예쁘구나, 하는 생각이 들었다.

초가을의 바람에서는 나무와 꽃과 풀잎이 어우러진 달착지근한 향기가 났다. 맞아! 지금 이 장면을 꿈속에서 본 적이 있다. 선명하게 기억 속에 남아 있다. 하얀 울타리에 기대어 바람의 속삭임에 맞춰 흔들리는 빨강과 분홍과 보랏빛 코스모스, 연두에서 진초록까지 다 다른 빛깔의 나뭇잎, 땅바닥에 엎드려 고개 숙인 들꽃, 그리고 흐린 하늘에 희미하게 걸린 초승달……. 아니면 지금 꿈을 꾸고 있는 건 아닌지 헷갈렸다.

"넌 뭘 잘하니, 좋아하는 거 있어?"

"……잘 모르겠는데, 요즘엔 뭘 쓰는 게 좋아요. 쓸 게 떠오르지 않으면 책에서 마음에 드는 글을 베껴 쓰며 다꾸 해요."

"다꾸? 그게 뭐야?"

"'다이어리 꾸미기'라고 일기 비슷한 거예요. 그냥 아무거나 떠오르는 생각을 끄적여요. 글을 다양한 필체와 색깔로 기록하고, 그림도 그리고 스티커도 붙이며 장식하는 거예요. 이걸 사진으로 찍어서 인스타그램에 올리는 다꾸그램도 있어요. 다꾸 전시회도 하고요. 요즘엔 동아리 활동 다꾸를 하는데요, 곧 다꾸그램도 할 거예요."

나는 신이 나서 다꾸의 세계와 '질병관리밴드'에 대하여 길게 이야기를 늘어놓았다.

"너랑 얘기하다 보니까 내가 모르는 세상이 참 많구나. 세상이 너무 빨리 변하고 다양해져서 따라잡기가 쉽지 않아."

지금까지 엄마와 아빠는 물론 누구와도 이런 대화를 나눠본 적이 없었다. 더구나 오늘 처음 만난 낯선 사람과 이런 이야기를 할 수 있다는 것이 신기했다. 가슴이 두근거리고 미열이 올라오는 듯 오슬오슬했다. 그 외에도 우리는 많은 이야기를 나누고 깔깔거리며 웃다가 문득 심각해지기도 했다. 뭔가에 홀린 것처럼 내 새끼발가락을 다혜 엄마에게 털어놓고 싶은 생각까지 들었다. 나는 정말, 블랙에게 영혼을 빼앗긴 걸까…….

"넌 기자나 작가가 되면 좋겠다."

"작가는 어떻게 하면 될 수 있어요?"

"글쎄, 우선 책을 많이 읽고, 지금 넌 잘하고 있는 것 같은데……. 꿈을 일찍 발견하고 그 꿈에 빨리 다가갈 수 있다는 건 대단한 행운이지."

"나에게 정말 글 쓰는 재능이 있을까요?"

"재능? 이 꼬마 아가씨야, 좋아하는 게 곧 재능이야. 난 너만 할 때부터 노래 부르는 걸 좋아했거든. 그런데 그땐 그게 재능이란 걸 몰랐지. 휴, 난 그때 그걸 몰라서 지금에서야 이러고 있잖니."

좋아하는 게 곧 재능이라니……. 나는 당장 작가가 되기라도 할 것처럼 설레었다. 그리고 다혜 엄마 같은 멘토가 있으면 좋겠다고 생각했다. 내 비밀을 털어놓으면 다혜 엄마는 '흥, 손가락도 아니고 발가락이 그래서 살아가는 데 뭔 지장 있냐?' 하며 하하하, 웃을 것 같았다. 다혜 엄마는 거침없이 말하고 별일 아닌 것에도 크게 소리 내어 웃었다. 깔깔 웃던 다혜 엄마가 갑자기 정색하고 물었다.

"넌 엄마에게 원하는 게 뭐니? 보통 어떤 요구를 해?"

"음, 너무 많아서……. 내가 너무 많은 걸 바란다며 엄마가 나보고 진상이래요."

"그렇지? 너희 나이 때는 부모에게 지나치게 많은 것을

원하는 게 정상이지. 원래 엄마와 딸은 호구와 진상의 관계여야 하는데, 다혜는 왜 그런지 모르겠어……. 세상에서 젤 어려운 게 엄마 역할이야. 오히려 지가 엄마 노릇을 하려고 한다니까."

다혜 엄마의 눈가에 그늘이 살짝 드리워졌다. 잠시 침묵이 이어지다가 드디어, 내가 발가락에 관한 비밀을 막 털어놓으려고 하는데…….

"민소매 입었더니 춥다. 일교차가 많이 나네."

다혜 엄마가 팔뚝을 문지르며 일어섰다. 그러고 보니 나도 다리가 서늘하고 팔에도 오스스 소름이 돋는 것 같았다. 그때, 어디선가 회오리바람이 불어와 바닥에 뒹굴던 나뭇잎이 높이 날아올랐다. 다혜 엄마는 펄럭이는 치마를 두 손으로 잡으며 바람이 불어오는 방향을 멍하니 바라보았다.

"비가 오려나 보네."

그 말이 끝나기가 무섭게 빗방울 하나가 내 이마 위로 똑 떨어져 내렸다.

"어머, 어떻게 비가 올 줄 알았어요?"

"오래 살다 보면 저절로 알게 되는 것들이 있어. 그만큼 모르는 것도 점점 더 많아지고."

나는 무슨 말인지 이해할 수가 없어 눈만 껌벅거렸다. 저절로 알게 되는 것들, 그만큼 점점 더 많아지는 모르는 것……

"우리 오늘 만난 거 다혜에겐 비밀이다. 자기 친구랑 쓸데없는 얘기 했다고 지랄할걸?"

지랄이라는 말에 우린 친구처럼 마주 보고 또 킥킥 웃었다. 다혜 엄마는 빨리 들어가라고 손짓하면서 뒷걸음으로 놀이터를 빠져나갔다. 그런 모습은 우리 엄마와 조금도 다를 게 없어 보이기도 했다. 툭툭 내뱉는 듯한 말투가 시원시원하면서도 따스함이 느껴지고, 특히 눈가에 묘한 매력이 서려 있었다. 유리가 아우라라고 했던 말이 떠올랐다. 나도 다혜 엄마처럼 매력 있는 사람이 되고 싶었다.

다시 하늘을 올려다보았다. 달도 집으로 들어갔는지 보이지 않았다. 별마저 없는 하늘은 그냥 새카맸다. 가로등 불빛에 빗줄기가 그으니 하늘이 뚝뚝 눈물을 흘리는 것처럼 보였다. 모든 길고양이를 별이라고 부른다는 환유가 생각나서 혹시 땅 위에라도 별이 있나, 두리번거리며 살펴보았다. 그러나 땅 위의 별마저 비를 피해 어디로 갔는지 보이지 않았다.

잠자리에 누워서 나는 정말 작가가 되어야겠다고 다짐했다. 내 머릿속에는 온갖 괴담과 악마의 속삭임과 블랙의 금테 안경 등이 환상으로 버무려져 꿈틀거리고 있었다. 그런데 이걸 어떻게 써야 할지 알 수가 없어서 답답했다. 이리저리 뒤척이다가 조금씩 꿈속으로 빠져들었다.

S#

피비야, 나는 내가 글 쓰는 재능이 있다는 걸 오늘에야 알게 되었어. 그걸 어떻게 알았냐고? 아주 간단해, 좋아하는 게 재능이래. 꼭 잘해야만 재능이 아니라 좋아서 자꾸 하고 싶은 게 재능이라는 거지. 그러다 보면 잘할 수도 있을 거야. 최유리는 배구에 진심이잖아. 그러니까 점점 더 잘하더라. 유리는 이미 배구 선수나 다름없어.

나도 매일 일기를 쓰다 보면 정말 작가가 될지도 몰라. 그런데 작가가 되려면 마법의 주문이 필요해. 마법을 걸어 흐르는 시간을 묶어서 꽁꽁 가둬놔야 해. 그래야 현재에서 과거로, 과거에서 미래로 훨훨 날아다닐 수 있지. 시간을 묶어 두지 않으면 기억이 몽땅 새어나가거든. 내가 작가가 되면 지금 이 꿈과 블랙 괴담을 글로 쓸 거야. 그러려면 너의 도움이 필요해. 피비야, 나에게 블랙을 찾아줘!

슈퍼맨은 지구를 거꾸로 뒤집어 회전시키고 시간을 뒤로 돌려서 레인과 만나잖아. 그러나 피비야, 이 모든 건 꿈인 걸 어떡해. 지금 이 상상도 꿈인걸……. 어쨌든 내일은 꼭 블랙을 만나고 말 거야. 피비야, 내 꿈을 부탁해!

내 꿈을 왜 엄마가 꾸냐고

33층 베란다에서는 동네는 물론 멀리 산까지 훤히 내려다보였다. 아파트 단지와 학교가 어우러진 풍경이 마치 레고블록을 조립해 놓은 것처럼 오밀조밀했다. 태극 마크를 단 비행기는 금방이라도 하늘로 날아오를 듯, 날렵한 몸매를 뽐내며 베란다 한편에 놓여 있었다.

"와, 이 아파트 처음 와본다."

"부자 아파트인 줄은 알고 있었지만 정말 좋네. 뷰 죽인다."

"하늘이 앞마당이네. 환유는 좋겠다. 언제 이사 왔어?"

"지난 2월에."

환유 엄마가 생일상을 차려주고 나가자 우린 베란다로

우르르 몰려가 거듭 탄성을 질렀다. 환유는 거실에 앉아서 물끄러미 바라보기만 했다.

"대박 멋지다. 금방이라도 비행기가 하늘로 날아오를 것 같아. 너희 아빠 저 항공사 파일럿이지?"

"응."

우리는 케이크에 촛불을 켜고 생일 축하 노래를 부른 다음 선물을 주고받았다. 그리고 탕수육, 파스타, 포도 등을 허겁지겁 먹어치웠다. 풍성하던 상 위가 순식간에 빈 그릇만 남았다.

"넌 이렇게 좋은 집을 놔두고 왜 집에 가기 싫다고 해? 너 공원에서 고양이랑 노는 거 종종 봤어. 고양이가 그렇게 좋아?"

"집이 무서워."

"무서워? 이렇게 멋지고 좋은데?"

"너무 높아. 난 무서워서 베란다에 못 나가."

"고소공포증 있어? 이사 오기 전에는 몰랐어?"

"엄마는 내가 아빠처럼 파일럿이 되길 원해. 달빛 열차도 못 타고 베란다에서 내려다보는 것도 무서운 내가 어떻게? 비행기가 이륙할 때면 심장이 밑으로 쑥 빠져나가는 것 같아. 귀가 윙윙거리며 아프고 메슥거려서 토할 것 같고. 아빠는 정신력이 약해서 그렇다며 적응해야 한다고 여기로 이사했어. 내 방엔 베란다마저 없어서 절대로 커튼을 열 수도 없어."

갑자기 분위기가 착 가라앉았다.

"부모들은 왜 항상 우릴 통하여 꿈을 이루려고 할까. 내 꿈을 왜 엄마가 꾸냐고! 우리 엄만 나 보고 경찰이 되래. 경찰이 그렇게 좋으면 엄마가 하면 되잖아. 아우, 정말 열 받네. 환유야, 넌 뭐가 되고 싶어?"

"수의사. 강아지나 고양이와 함께 있으면 행복해. 너무 행복해서 마음에 수많은 별이 막 반짝이며 불꽃놀이를 하는 것 같아."

"걱정하지 마, 억지로 파일럿을 시키지는 못할 거야. 더구나 넌 공부도 잘하니까 뭐든 네가 원하는 걸 할 수 있잖아."

"나는 시들어 가는 식물 같아. 집에만 오면 머리가 아파."

"환유야, 상담 선생님 만나볼래? 나 상담한 적 있는데 선생님 참 좋아. 고민 있으면 언제든지 환영한다고 했어."

"상담받아야 할 사람은 내가 아니고 아빠, 엄마 아닌가? 왜 항상 우리에게만 상담받으라 하고, 내가 바뀌어야 한다는 거야?"

환유 엄마가 들어오는 바람에 이야기는 거기서 끊겼다. 우리는 환유 방으로 몰려가서 게임을 했다. 환유는 커튼을 걷지 않고 대신 전등을 켰다. 아무도 멋진 전망을 보겠다며 커튼을 열지 않았다. 항상 제멋대로인 동준이마저 눈치를 챙겼다.

우린 게임을 하며 BTS 노래를 불렀다.

지금 새우잠 자더라도
꿈은 고래답게, 고래답게, 고래답게······.

우리는 '고래답게'라며 거듭 추임새를 넣었다. 멜로디가 입안에서 계속 맴돌아 멈출 수가 없었다. 환유가 자신이 직접 만들었다는 랩을 시작하자 다 함께 책상을 두드리며 흥을 돋우었다.

술만 마시면♬ 고래 잡으러♬

떠나자 떠나♬ 떠나자는 아빠♬

나는 고래♬ 잡으러 안 갈래♬

내가 고래가♬ 되고 말 거야♬

고처럼 래처럼♬ 고래처럼♬

고처럼 래처럼♬ 고래처럼♬

"와! 나도 랩을 만들어 볼까. 조금도 어려울 게 없겠어."
"랩이 뭐 별거야? 리듬을 타면서 내 마음을 이야기하면 되는 거지."

* * *

빵 냄새가 솔솔 피어나는 길목을 지나 집으로 돌아오면서 유리는 중간고사를 망쳐서 걱정이라고 했다. 나는, 걱정해서 해결될 일이 아니면 쓸데없는 걱정으로 시간을 낭비할 필요가 없다고 이야기했다. 위로한답시고 책에서 본 글을 유리에게 그대로 말해주었다.

"야, 짱 좋아, 다시 한번 말해줘."

유리는 내 손가락에 깍지를 끼워 꼭 잡으며 좋아했다.

"설주야, 난 공부만 빼면 완벽한데, 외모며 성격이며 뭐 하나 빠지는 게 있냐?"

"당연히 완벽하지, 너희 엄마도 너에게 뭐 바라는 게 있어?"

"너무 많지, 내 능력으로는 도저히 불가능한 것들을. 그렇게 간절하면 지금이라도 직접 하든지, 다혜 엄마처럼 말이야. 왜 나를 통하여 꿈을 이루려고 할까? 내 꿈을 왜 엄마가 꾸냐고! 내 꿈은 오롯이 나 혼자 꿀 거야."

"넌 꿈이 뭔데?"

"모르겠어, 공부만 생각하면 그냥 막막하고 답답해."

"근데 요즘은 왜 배구남 얘기 안 해, 잘돼가?"

나는 대화의 방향을 다른 쪽으로 돌리려고 배구남 이야기를 꺼냈다. 사실은 궁금하던 참이기도 했다.

"찼어."

"왜?"

"정말 아닌 애와 다니더라. 나보다 괜찮은 애와 사귀면

싸워서라도 뺏어올 텐데, 난 그렇게 여자 보는 눈이 낮은 애는 싫거든."

"진짜 너보다 안 괜찮은 거 맞아? 그런 애가 정말 있기는 해?"

유리는 내 등을 손바닥으로 때리고 키득키득 웃으며 엘리베이터를 탔다. 7층에서 내가 내리려고 하자 유리는 주먹을 내밀었다. 나도 주먹을 꼭 쥐어 세게 맞부딪혔다. 손가락뼈가 아플 정도로 세게, 주먹으로 악수했다. 닫히는 문틈으로 유리가 큰 소리로 외쳤다.

"일단 차긴 했는데 다시 주울지도 몰라."

유쾌하고 긍정적인 친구가 옆에 있다는 건 참으로 커다란 행운이다. 나는 친구를 참 잘 만났다는 생각이 들었다. 친구를 잘 사귀어야 한다는 엄마의 잔소리가 이번만큼은 틀리지 않았다.

S#

피비야, 야옹, 소리가 들리고 환유가 보여. 불을 켠 듯 파랗게 반짝이는 큰 눈, 별이 환유의 품으로 쏙 들어와 안겨. 환유는 쪼그리고 앉아 별을 쓰담쓰담. 별의 눈에는 푸른 별이 박혀 있어.

- 별아, 오늘 뭐 했어?

환유의 물음에 별은 조그만 몸을 더욱 동그랗게 말고, 아기가 옹알이하듯 온갖 아양을 떨어. 마치 넌 오늘 뭘 했냐고 묻는 것처럼 야옹야옹 야옹.

- 나? 학교 갔다가 학원도 가고 축구도 했지.

환유는 별을 안아 살며시 뺨에 대며 속삭여.

- 별아, 내가 어제 독후감을 썼거든. 노벨 경제학상을 수상한 존 내쉬의 이야긴데, 그의 아들이 아빠를 그리워하며 보육원 층계참에 앉아 창밖의 별을 바라보는 장면이 얼마나 아름답고 외로운지. 그런데 엄마가 그건 이 책의 포인트가 아니라고 했어. 그런 뻔한 싸구려 감성으론 평가에서 높은 점수를 받을 수 없다며, 내가 미처 말리기도 전에 DEL. 포인트는 누가 정하는 걸까? 논술 선생님도 엄마와 똑같이 말했어. 논술 시험은 출제자의 의도에 공감해 주는 거라고. 내 생각 따위는 중요하지 않고, 무조건 긍정적인 시선으로

바라보라고. 어쨌든 내 소중한 감상이 엄마의 클릭 한 번으로 순식간에 다 사라져 버렸는데, 지랄하고 싶었지만 귀찮아서 꾹 참았어. 그러나 난 여전히 그 계단 장면만 자꾸 생각나…….

마음이 흘러가 고이는 곳

늦은 밤, 잠자리에 누우니 엄마의 잔소리가 이불 속까지 따라 들어왔다. 학원, 숙제, 시험, 공부해라, 이건 하지 말고 저건 빨리해라, 빨리해라, 빨리해라……. 그것들은 불 꺼진 천장에서 가득 맴돌며 나를 옥죄었다. 나는 벌떡 일어나 작은 조명등을 켜고 일기장을 펼쳤다. 지난 시간의 더미를 또박또박 눌러 담은 일기장을 뒤적이다가 용기를 내어 다혜에게 톡을 보냈다.

> 다들 알고 있지? 다 알면서 모르는 척하는 거지?

> 또 징징, 진짜 짜증 나네. ㅠㅠ 분명하게 말하는데 네 발가락

따윈, 정말 아무도 관심 없다고!

꼭 있어야 할 게 없다는 것, 부족하다는 것이 넌 뭔지 모르겠지……. 섭섭한 마음이 드는 걸 어쩔 수 없었다. 채워지지 않는 헛헛함을 달래려 과자 봉지로 계속 손이 들락거렸다. 늘 과자를 들고 다니는 동준의 행동을 조금은 이해할 수 있을 것 같았다. 동준은 뭘 달래려 손에서 과자를 떼지 못하는 걸까, 궁금했다.

바람이라도 쐬면 기분이 나아질까 싶어 살금살금 문을 열고 밖으로 나왔다. 놀이터 쪽으로 가면서 보니 그네가 희미한 불빛 아래에서 흔들흔들, 흔들리고 있었다. 그네가 정점으로 올라갔다가 내려올 때마다 끼익 끼익 쇳소리가 났다. 적당하게 부풀린 긴 머리가 가볍게 출렁였다. 좀 더 다가가 보니 다혜 엄마였지만 더는 가까이 갈 수 없었다. 다혜 엄마는 눈가를 문지르며 긴 머리카락을 자꾸 위로 쓸어올렸다. 고개를 숙이자 다시 머리카락이 얼굴을 덮고 그때마다 눈가를 닦는 걸 되풀이했다. 재빠르게 자리를 피하여 조금 떨어진 쉼터 벤치에 앉았다.

'우리 엄마도 어른이 된 이후에, 혼자 울어본 적이 있을까······.'

그때, 다혜에게서 톡이 왔다.

> 넌 발가락이 부족할 뿐이지만 한 사람이 통째로 없다는 게 어떤 의미인지, 넌 아니? 난 아빠가 없고, 다훈인 아빠 얼굴을 본 적도 없어. ㅠㅠ 우리 엄만 갑자기 남편을 잃었고, 할머니에겐 목숨보다 더 소중한 아들이 사라졌다고! 너 혼자 온 세상 불행 다 짊어진 것처럼 징징대지 좀 말아. ──

발가락이 부족한 것과 발가락이 하나도 없다는 것, 아예 발이 없다는 것, 발뿐만이 아니라 다리도 없고 손도 없고 가슴도 없고 머리도 없고, 아예 아빠라는 존재조차 없다는 것, 부족한 것이 아니라 송두리째 없다는 것······.

가슴 한편이 먹먹해서 멍하니 앉아 있는데 또 톡이 왔다. 다혜는 펭귄이 하늘을 향하여 하이킥을 날리는 이모티콘을 보내왔다. 이런 이모티콘이 있었다니, 나는 반복해서 클릭하여 하이킥을 날리는 펭귄을 보고 또 보았다. 펭귄은 지치지도 않고 짤막한 다리로 쉴 새 없이 하이킥을 날려댔다.

문득 다리가 서늘하고 팔에도 오스스 소름이 돋는 것 같았다. 나는 흩날리는 머리카락을 쓿어 넘기며 바람이 불어오는 방향을 멍하니 바라보았다. 아, 이 장면, 텁텁하고 비릿하면서도 달착지근한 흙 내음, 부지런히 제 몸을 우렁우렁 흔들어 대는 나뭇잎, 잔 이파리들이 서로 몸을 부비부비하며 속살대는……. 나는 나도 모르게 중얼거렸다.

'비가 오려나…….'

곧바로 쉼터 유리 천장에 빗방울이 톡톡 떨어지기 시작했다. 나이를 먹으면 저절로 알게 된다는 것들, 까칠해 보여도 다혜가 마음의 폭이 넓고 깊은 이유를 알 것 같았다. 내 발가락을 보고는 다훈이 입을 재빠르게 아이스크림으로 틀어막던, 목이 꺾이도록 졸고 있는 내 목을 말없이 받쳐주던, 펭귄 이모티콘을 보내며 오히려 나를 위로해 주는 다혜…….

다혜는 너무 빨리 성숙해 버려서, 일찍 애어른이 되어서 엄마의 손길이 필요 없을 정도라고 한 다혜 엄마의 말이 생각났다. '다혜는 도무지 나에게 요구하는 게 없어. 용돈도 내가 주기 전에는 달라고 하지도 않아.'라며 나를 바라보던 눈길이 떠올랐다. 그 물기 머금은 눈빛을 지우려 애쓰면서 비 내리는 풍경을 물끄러미 바라보았다. 비가 내리고 나면 가을은 좀 더 깊어지고 나뭇잎도 하나, 둘, 꽃잎처럼 떨어져 시간과 함께 사라질 것이다.

세수하면서 거울을 보니, 지는 꽃잎을 받으면 첫눈이 오기 전에 사랑이 이루어진다는 아카시아가 생각났다. 그러나 사랑이 이루어지기는커녕 아직 만나지도 못했다. 문득 유리는 요즘 배구남과 어떻게 지내는지 궁금해졌다.

나는 봄날에 받아두었던 아카시아와 흰쌀밥처럼 생긴 이팝나무 꽃잎을 찾아보았다. 꽃잎은 일기장 갈피에서 곱게 마르고 있었다. 코를 가까이 갖다 대자 봄날의 아련하고 향긋했던 시간과 함께, 하모니카 연주를 엿듣던 체육관 장면이 되살아났다. 이 모든 기억이 아주 머나먼 과거 같기도 하고, 꿈이 아니었나 하는 착각도 들었다.

* * *

11월에 들어서면서는 매일매일 조금씩이라도 비가 내렸다. 오전엔 환하게 햇살이 비추다가도 오후가 되면 슬금슬금 비가 내리기 시작했다. 수능시험 전전날엔 모처럼 화창했으나 전날인 예비소집일에는 눈비가 뒤섞여서 흩날렸다. 수험생들은 어깨를 잔뜩 움츠리고 진눈깨비가 휘날리는 우리 학교 운동장에서 서성였다. 을씨년스러운 분위기에 내 마음도 움츠러들었다.

  수능시험 날에는 어제 내린 진눈깨비 위로 다시 비가 내렸다. 비가 오는 날의 실내는 더 깊고 더 아늑하고 더 포근하게 느껴졌다. 모처럼의 보너스 휴일을 유리와 나는 고양이처럼 몸을 웅크리고 침대에 납작 엎드려서 지냈다. 오늘은 내 발가락을 꼭 해방시키리라, 맨발로 하이킥을 날리리라……. 나는 침대에 엎드려 아무렇지 않은 듯 노래를 흥얼거렸지만, 새끼발가락에도 심장이 있는 것처럼 발가락이 두근거렸다. 유리가 내 맨발을 보고 발목을 잡았다.

  "발가락은 안녕하시냐? 커밍아웃한 감상이 어때?"

  "뭐야? 반응이 왜 이렇게 시큰둥?"

  "6학년 때 너 우리 집에서 잔 적 있잖아. 자다가 깨서 보니까 네가 양말을 신고 자더라고, 답답할 것 같아서 벗겼지. 그리곤 곧 다시 신겨줬어."

"큰맘 먹고 한 커밍아웃인데, 김이 팍 새네. 왜 말 안 했어?"

"굳이 왜? 아는 건 꼭 다 말해야 해? 사실은 워터파크에서 너 샌들 잃어버렸을 때, 다른 애들이 볼까 봐 얼마나 조마조마했는지······."

오랫동안 전전긍긍하던 고민거리가 너무 쉽게 해결되니 오히려 허무할 지경이었다. 나는 유리에게 미안하고 민망하고 진심으로 고마워서 손이라도 덥석 잡고 싶었지만, 짐짓 아무렇지도 않은척했다. 표현하지 않아도 이런 내 마음을 유리는 충분히 알고도 남으리라는 믿음이 생겼다.

"너야말로 나의 왕자님이 궁금하지도 않냐, 왜 안 물어봐?"

"궁금해도 꾹꾹 참고 있는 거지. 어떻게 됐는데?"

"잽싸게 주웠다가 또 찼어. 이젠 다시 주울 생각 절대로 없어."

"왜? 어서, 어서 말해봐."

"찌질한 놈, 내가 영화표를 샀는데 팝콘이랑 콜라도 안 사고, 내가 영화 같이 보자니까 그냥 봐준다는 느낌, 뭔지 알지? 게다가 주머니 속에서 폰이 부르르 떨릴 때마다 꺼내서 보는 거야. 영화가 상영 중인데 말이야, 정말 창피하고 극혐! 폰 불빛에 언뜻언뜻 스치는 얼굴이 왕자님은커녕 개념 말아먹은 찌질이가 딱 보이더라."

"잘했다, 잘했어. 네가 좋다니까 내가 말은 안 했는데 걔가 어디가 잘생겼니? 먹다 버린 삶은 감자처럼 허여멀겋게 뭉쳐놓은 것처럼 생겨 가지곤, 꼴에 잘난 줄 아는 허세남……. 그럼 유리야, 이젠 점심시간마다 배구를 핑계로 체육관에 가진 않겠네?"

"뭔 소리야, 네가 전에 나에게 꿈이 뭐냐고 물었지? 나도 이제 꿈이 생겼어."

유리는 배구 선수가 되는 것이 꿈이라고 했다. 지금부터 열심히 해서 전문 배구부가 있는 고등학교에 진학할 계획이라고 했다. 가위바위보에 져서 배구부로 가게 된 것이 배구 선수가 될 운명이었다며, 확신에 차서 말했다. 내가 제2의 김연경이 되라고 추켜세웠더니 유리는 정색하고 말했다.

"내가 왜 김연경이 돼야 해? 난 완전 새로운 스타일의 세터 최유리가 될 거야!"

유리는 공부만 생각하면 막막하고, 답답하고, 미로를 헤매는 것 같다고 말하곤 했다. 그러나 배구를 시작하면서는 자신이 나아갈 방향이 훤하게 그려진다며 큰 눈을 더욱 크게 뜨고 반짝였다.

"리베로가 리시브하려는 자세만 봐도 공이 어디로 튈지, 선수의 동선과 공의 흐름이 다 읽혀. 공을 토스하려고 뛰어오를 때는 나만의 소중한 우주를 받쳐 올리는 느낌이야."

나는 유리를 마구마구 응원해 주었다. 그리고 유리가 만족할 만한 모든 말을 찾아내어 왕자님에서 찌질이로 추락시킨 배구남을 헐뜯어 주었다.

"찌질이보다는 차라리 양동준이 오억만 배는 더 낫겠다."

"뭐라고? 너, 너무 선 넘는 거 아냐? 양동준한테 맘 있냐, 있지? 있군, 있네!"

배구남을 실컷 물어뜯고 유리를 띄워주려 과장하다 보니 나는 큰 실수를 저지르고야 말았다. 유리는 두고두고 "너 동준이한테 맘 있지? 있네, 있어!"라며 날 놀려댔다.

나는 정말 양동준이 마음에 있는 건 절대로, 결코 아닌데, 자꾸 마음이 쓰이는 건 어쩔 수가 없었다. 언젠가부터 동준의 눈가에 어둑하게 내려앉은 그늘이 보여 자꾸 마음이 쓰였다. 마음에 '있는' 것과 마음이 '쓰이는' 것의 차이는 뭘까 생각해 보았지만, 그 미묘한 차이를 유리에게 설명하기는 너무 어려웠다. 어쨌든 마음이 어느 한 방향으로 기울어 흘러가는 것, 그래서 쌓이고 또 쌓여 고이는 것이라는 생각이 들었다.

* * *

수능 다음날 새벽녘엔 첫눈이 살짝 내렸다는데 나는 자느라고 보지 못했다. '대기 중의 수증기가 찬 기운을 만나서 생성된 얼음의 결정체를, 도대체 왜 기다리냐?'라는 감성 파괴자인 과학 선생님의 핀잔이 들리는 듯했다.

우리는 요즘 대박 난 드라마를 흉내 내어 톡을 주고받으며 아쉬워했다.

> 유리 낭자, 못 보았도다. 첫눈을 보지 못하였으니 아쉽고 원통한 마음을 가눌 길이 없구나. 톡이라도 슬며시 보내주지 그리 하였느냐.

> 안타깝게 나도 보지 못하였구나. 첫눈은 내가 봐야 첫눈일진대, 내가 보지도 못한 눈을 어찌 첫눈이라 말할 수 있겠느냐. 우리도 곧 첫눈을 볼 수 있을지니 너무 상심하지 말지어다.

그날 오전 과학 시간, 어둑한 하늘이 교실 안까지 깊게 밀려 들어와 점점 더 어두워지고 있었다. 금방이라도 해가 지고 깜깜한 밤이 될 것만 같았다. 창밖으로는 희끗희끗한 깃털 같은 게 간간이 날아다니고, 갈색 나뭇잎이 사선을 그으며 빠르게 떨어져 내리기도 했다. 당장이라도 요술 빗자루에 올라탄 마녀가 뿅, 하고 나타날 것처럼 을씨년스러운 날씨였다.

눈은 칠판을 보고 있었지만, 마음은 마녀의 등장을 기다리고 있었다. 꽃잎이건 낙엽이건 눈이건, 다 중력에 의하여 낙하하는 현상일 뿐이라며 투덜대던 선생님도 멍하니 창밖을 내다보았다. 선생님의 눈길을 따라가 보니 어둑하던 하늘이 하얀 솜털을 뭉텅이로 쏟아내기 시작했다. 드디어 마녀가, 타고 다니던 빗자루로 눈구름을 쓸어내리는 것 같았다. 온 세상이 눈부시도록 하얗게, 하얗게 변해갔다. 어제는 종일 비가 추적추적 내렸는데, 급변하는 날씨에 마음이 적응하지 못하고 어리둥절했다.

S#

피비야, 요즘은 왜 블랙 꿈을 안 꾸지? 대신 뭔가 그럴듯한 꿈을 꾸고 싶어. 달나라 같은 낯선 우주에 가고, 무지개를 휘두르며 리본체조를 하고, 어린 왕자와 함께 바오바브 나무 아래를 거닐며 별도 보고 싶어.

기껏해야 운동장으로 우르르 몰려 나가고 있어. 함박눈이 펑펑 펑펑. 입을 크게 벌리고 눈을 받아먹으려고 뱅뱅 맴도는 여자아이들을 남자아이들이 마구마구 놀려대, 광녀들이 단체로 나들이 나왔다고. 그러는 광남들은 눈과 흙으로 범벅이 된 질펀한 운동장에서 이리저리 뛰어다니고 있어.

슬릭백 스텝을 연습한다며 경중경중 뛰어다녀.

　피비야, 슬릭백이 뭔지 알아? 한바탕 유행이 휩쓸고 지나간 춤인데 공중부양 춤이라고도 불러. 우리나라 중학생의 이 춤이 틱톡에서 일주일 동안, 조회 수 2억 뷰를 기록했대. 너도 따라 해볼래? 한쪽 발은 딛고, 다른 쪽 발뒤꿈치를 바닥에서 살짝 떼는듯하면서 밀어봐. 이걸 빠르게 반복하는 거야. 그러면 미끄러지듯이 나아가는 것처럼 보여. 착시 효과를 이용하여 공중부양 하듯 보이게 하는 거지.

　나도 지금 공중부양 하려고 발바닥을 신나게 밀어 보는 중이야. 헐, 피비야, 나 정말 하늘을 날아, 날아오르고 있어. 앗, 그런데 이건, 나는 게 아니고 떨어지고 있는 거잖아! 높은 곳에서 떨어지는 꿈을 꾸면 키가 큰다는데, 내일 아침이면 나, 유리처럼 훌쩍 자라 있을지도 몰라.

마침내 블랙

밤잠 설치며 더위에 허덕이던 게 며칠 전 같은데, 어느새 첫눈까지 내리고 나니 쌀쌀한 바람에 몸이 자꾸 움츠러들었다.

"이제 동아리 활동도 막바지로 향해가는데 남은 시간에 뭘 할 건지 의논해 보자."

벌써? 한 것도 없는데 선생님의 막바지라는 말을 들으니 시간을 도둑맞은 것만 같았다. 시간을 되돌릴 수는 없어도 시간을 기록할 수는 있어서 그나마 다행이라는 생각이 들었다. 시간을 차곡차곡 기록하고 저장해 놓으면, 언젠간 슈퍼맨처럼 지구를 거꾸로 회전시켜서 시간을 되돌릴 수 있을 테니까…….

"뭔가 의미 있게 마무리해요."

"의미? 어떤 의미?"

"중2를 의미 있게 마무리할 수 있는 의미 있는 의미요."

"말장난하지 말고."

단체로 뮤지컬을 보러 가자는 의견부터 경복궁 산책, 용산 국립한글박물관과 도서관 견학, 보육원 봉사, 농촌 체험까지 다양한 의견들이 쏟아져 나왔다.

"우리가 직접 동영상을 만들어 보는 건 어떨까. 우리 이야기를 우리가 직접 제작하는 거지."

평소 동아리 활동에 소극적이던 윤정이가 제안하자마자, 우리는 청소년들이 만들거나 출연한 유튜브를 검색하기 시작했다. 그중에서 본보기로 선택한 유튜브의 공통점은 일부러 꾸미지 않고 자연스럽게 일상을 촬영한 것이었다. 우리는 동영상을 함께 보면서 의견을 나누었다.

"우리 동아리가 '질병관리밴드'잖아. 밴드는 원래 음악 하는 그룹이란 뜻이니까, 우리가 직접 노래를 하는 건 어때?"

"그래, 우리의 생각과 마음을 랩으로 만들어 보자."

"노랫말은?"

"우리가 쓰는 거지."

"반주엔 최예서가 있잖아."

아이들의 시선이 한 방향으로 모이고 눈동자가 반짝반짝 빛나기 시작했다.

"오, 우리가 직접 만들어 보자. 진짜로 노래하는 밴드가 되는 거야."

우리는 각자 하고 싶은 이야기를 랩으로 만들자면서 '질병관리밴드'의 규칙을 정했다.

- 모두 참여하자.

- 속사포 랩도 좋지만 느린 랩도 괜찮다.

- 라임 맞추는 것에 집착하지 말고 그냥 자연스럽게.

- 잘하려고 너무 애쓰지 말자.

너무 애쓰지 말자고 하면서도 우리는 하고 싶은 이야기를 랩으로 만드는 일에 진심이 되었다. 좋아하는 게 재능이라니까, 좋아하는 걸 한다는 게 이런 건가 싶었다. 썼다가 지우고 또 수정하며 입으로는 계속 흥얼흥얼……, 그러다가 함께 음악실로 뛰어 올라갔다. 예서가 기본적인 코드로 반주를 시작하자 한 사람씩 나와서 자신이 만든 랩을 읽어 보았다.

"랩이 리듬을 타려면 '북치기박치기북치기박치기북치기박치기'를 빠르게 반복하면 된다고 들었어."

다 같이 '북치기박치기'를 점점 빠르게 되풀이하니 정말 어깨가 들썩들썩하며 리듬을 타기 시작했다. 그러나 침이 사방으로 튀어 서로 더럽다고 소리를 지르며 도망 다니고, 야단법석이었다. 그래도 첫 시도치고는 괜찮았다. 이어서 피아노만 있으니까 심심하다, 드럼 같은 게 한 방 꽝 때려 주면 좋겠다, 댄서도 있으면 더 좋겠다, 등등 다양한 아이디어가 쏟아져 나왔다.

"내가 춤춰볼까?"

박원재, 나만큼 작고 존재감도 없는 원재, 동준과 천일홍 화분 사건 이후 더 작아지고 서먹한 사이가 된 원재가 쭈뼛거리며 나섰다. 모두 믿기지 않는다는 듯이 원재를 바라보았다. 그러자 원재는 즉석에서 팝핀을 보여주었다. 슬쩍

슬쩍 코드만 잡던 예서가 본격적으로 팝핀에 어울리는 곡을 연주하기 시작했다. 원재는 커다란 공이 되어 마룻바닥 위에서 팽이처럼 맴돌았다. 공은 거침없이 여기저기 굴러다니다가 럭비공처럼 높이 날아올랐다. 예서의 연주는 프레스토를 향하여 달려가고 원재의 동작은 점점 더 과격해졌다.

춤이 끝나자 동준이 원재에게 다가가 하이파이브를 청했다. 원재와 동준이 손바닥을 마주치자 아이들은 책상을 두드리며 박자를 맞추기 시작했다. 나도 따라서 어설프게 장단을 맞췄다.

"바로, 바로 이거야. 우리가 다 같이 인간 드럼이 되는 거지."

"그래, 아무거나 두드릴 수 있는 건 다 두드려 보자."

"식판이라도 두드리자."

"그게 난타잖아. 텔레비전에서 봤어."

쿵딱♪ 쿵따다닥♪ 쿵따닥♪ 쿵딱♪
쿵딱♪ 쿵따다닥♪ 쿵따닥♪ 쿵딱♪

뭐지? 누군가 두 손바닥으로 강렬하게 장단을 맞추고 있었다. 익숙한 듯하면서도 지금껏 우리가 알고 있던 리듬과는 사뭇 달랐다.

"누구야, 누가 이런 소리를?"

우리는 어리둥절하여 음악실 안을 두리번거렸다. 그때, 검은 암막 커튼에서 사람이 불쑥 튀어나왔다. 그건 마치 마술가의 모자 속에서 날아오르는 비둘기처럼 보였다. 커튼 사이에서 종잇장처럼 납작하게 눌려 있다가 마술가의 주문으로 불려 나오는 듯……, 모습을 드러냈다.

"으악!"

나는 너무 놀라 그 자리에 주저앉고 말았다.

"뭐야, 왜? 설주야, 왜 그래?"

"브, 블, 블랙이야!"

검은 바지, 검은 티셔츠, 검은 모자, 검은 마스크, 검은 운동화, 금테 안경, 확실하게 내가 본 블랙이 맞았다. 눈초리만 봐도 알 수 있었다. 그런데 이게 꿈이냐, 현실이냐, 꿈을 하도 많이 꾸어서 헷갈리네, 꿈에서나 블랙을 만날 줄 알았는데…….

"브 브 블 블랙? 너희 나 날 브 블 블랙이라고 부 불 불러? 나도 이 하 학교 조 졸업 해 했어. 나도 2하 학년 2바 반이 어 었어."

블랙은 다시 책상을 두드리며 신들린 듯 장단을 맞췄다. 이건 지금껏 우리가 흥얼거리던, 악마의 속삭임을 닮은 기괴한 리듬이 아니었다. 블랙이 책상을 쿵, 하고 내려칠 때마다 가슴으로 쿵, 하는 울림이 전해졌다.

쿵딱♪ 쿵따다닥♪ 쿵따닥♪ 쿵딱♪
쿵딱♪ 쿵따다닥♪ 쿵따닥♪ 쿵딱♪

우리는 잠시 멈칫거리다가 하나, 둘, 따라서 책상을 두드리기 시작했다. 모두 신나게 책상을 두드려댔다. 되풀이하다 보니 우리도 블랙처럼 리듬을 탈 수 있었다. 예서가 리듬에 맞춰 즉흥 연주 솜씨를 발휘했다. 쿵, 딱, 쿵, 딱, 할 때마다 우리가 함께 파도타기를 하는 것처럼 느껴졌다. 쿵, 하면 하늘 높이 솟아올랐다가 딱, 하면 곤두박질치기를 반복했다. 파도는 점점 더 높아지고 물결은 점점 더 빨리 소용돌이쳤다. 흥에 겨워 한참을 반복하다가 주위를 돌아봤을 때, 블랙은 이미 그 자리에 없었다.

"그, 그렇다면 하모니카가 바로……, 블랙?"

"헐, 귀신이냐, 우린 이제 단체로 영혼을 빼앗긴 거야?"

"다들 블랙을 본 거 맞지, 나만 본 거 아니지?"

우리는 이 리듬으로 랩을 만들기로 했다. 예서는 블랙의 선율을 고스란히 기억하여 반주해 냈다. 랩과 팝핀 사이사이에는 우리가 그동안 활동한 사진들도 넣어 동영상을 만들 계획을 세웠다. 내가 기록한 다꾸도 사진을 찍어서 올리기로 했다. 나는 드디어 다꾸그램을 시도해 볼 수 있게 되었다.

우리는 말하는 모든 것, 생각하는 모든 것을 바로바로 실행에 옮겼다. 반 전체가 이렇게 똘똘 뭉쳐진 적은 한 번도 없었다. 더 나은 방향으로 가기 위한 의견은 있었으나 '질병관리밴드' 자체를 반대하지는 않았다. 우리는 함께 아이디어를 모아서 서로를 응원하며 뭔가 만들어 가는 재미에 푹 빠져들었다.

나는 그럴듯한 랩을 만들기 위하여 머리를 이리저리 굴

리며 고민했다. 밥을 먹다가 얼핏, 수업 시간에도 언뜻, 잠자리에 누워서도 문득, 꿈속에서도 설핏설핏……, 노랫말이 떠올랐다. 그러면서도 우리는 과학 숙제인, 해수에 녹아 있는 물질의 양에 대한 그래프를 한 치의 오차도 없이 그려내려 최선을 다했다.

수학 시간, 피타고라스 정리의 응용문제를 설명하던 선생님은 정7각형에 얽힌 괴담과 작도에 관한 이야기를 들려주었다. 다각형의 작도는 눈금 없는 자와 컴퍼스로만 가능해야 하는데, 정7각형은 '아직은' 불가능하다고 알려주었다. 그건 별과 달 사이의 거리를 계산하는 것만큼 신비하고 난해하여 지금도 수학자들이 연구하고 있는 분야라고 했다.

설명을 들으며 나는 생각했다. 모든 '아직은'이 가능으로 바뀌는 그때까지 매일 밤, 별이 꽃잎처럼 손바닥 위로 살포시 떨어지기를 기다리며 소원을 빌어야겠다고…….

* * *

'질병관리밴드' 동영상을 계획하고부터는 시간이 더 빨리 달려가는 것 같았다. 지루한 수업 1분, 1분은 온몸이 뒤틀리게 더디 지나가는데 하루, 또 일주일은 획획 바람처럼 흘러갔다. 수업 시간에 창밖을 내다보며 노랫말을 생각하노라면 바싹 마른 나뭇잎이 허공을 맴돌고 있었다. 꽃잎이 떨어질 때와는 달리 공연히 마음 한편이 서늘하고 허전했다.

이번 주 동아리 모임에서는 우리 중에 누가 중2병에 걸렸을까, 하는 이야기를 나누게 되었다. 역시 중2병에 관한 토론이라 나는 메모를 이어갔다. '질병관리밴드'의 기록자가 된 것이 내가 중2라는 사춘기를 통과하는 힘이 돼주었다는 생각이 들었다. 다꾸가 나에겐 백신이자 치료 약이었다.

― 엄마 잔소리만 들으면 혼란, 불만, 반항이 3종 세트로 폭발해.

― 잔소리만 들으면 발병하는 거잖아. 그렇다면 중2병의 바이러스는 부모들 아닌가.

- 정작 바이러스는 우릴 억압하는 어른들이야. 백신은 우리가 맞을 게 아니라 어른들이 접종해야겠어.

- 우리가 중2병 백신을 직접 만들까? 백신이나 치료 약에 넣고 싶은 거 말해보자. 아무거나 다 돼. 난 킥보드.

- 나는 이해, 어른들은 모두 중2를 경험했잖아. 그럼 역할극 같은 거 안 해도 우릴 이해할 수 있지 않을까, 이미 겪었잖아.

우린 중2병을 예방할 수 있는 백신과 치료 약에 넣고 싶은 것들을 상상해 보았다. 별, 강아지, 고양이, 틱톡, BTS, 동생, 친구, 웹툰, 랩, 할머니, 암치료약, 자전거, 팝핀, 피아노, 혼자만의 방, 질병관리밴드, 축구……. 나는 일기장을 넣었다.
한밤중에 낮에 메모한 것을 정리하면서 다꾸를 했다. 나는 아이들이 백신이나 치료 약에 넣고 싶다고 한 것들을 커다란 주사기 안에 모두 적어보았다. 그 옆엔 사람을 하나 무심코 그렸는데 다 그리고 보니 블랙, 우리에겐 훌륭한 조력자인 블랙이 있었다. 블랙을 생각하니 노랫말이 주문처럼 술술 흘러나왔다.

S#

피비야, 나는 잠 속에서 또 잠이 들어. 잠 속의 잠에서도 나는 꿈을 꿔. 마침 지금 꿈을 꾸길 기다리던 중이야. 너에게 물어볼 게 있거든. 피비야, 넌 정7각형 작도의 비밀을 알아? 도대체 왜 작도할 수 없다는 거야?

 - 설주야, 잘 들어봐. 페르마 수는 다각형의 작도 가능성과 매우 연관이 깊어.

피비야, 잠깐, 잠깐만, 내가 너에게 편지를 보낸 지 일 년이 지났는데, 드디어 네가 나에게 말을 걸어주는 거야? 그런데 천천히 말해줘. 내가 받아 적어야 하니까.

 - 설주야, 정3각형이나정4각형정5각형정6각형의작도는가능하지만정7각형은불가능해그런데정8각형정9각형정10각형등등은가능해정N각형의작도가능성은N이2의거듭

제곱과페르마수들의곱으로나타낼수있는지에따라서결정되는거야정N각형의작도가가능하다는것은정수N이이런형태의수일때만해당할수있지. 그런데 내가 한 말이 맞는지는 나도 잘 모르겠어. 친구가 한 말을 기억나는 대로 읊어봤을 뿐이야.

피비야, 뭐라고? 그렇게 숨도 안 쉬고 빨리 말하니까 하나도 모르겠잖아. 페르마가 어쨌다고? 페르마는 우리 학교 앞에 있는 수학학원인데, 그 학원과 정7각형의 작도가 무슨 관계가 있다는 거야? 무슨 소린지 알아듣게 설명해야지. 너, 지금 날 놀리는 거지?

– 설주야, 더 알고 싶으면 '허준이'라고, 수학 분야의 노벨상인 필즈상을 받은 내 친구가 있거든. 수학에 완전히 미쳐서 만나면 맨날 수학 이야기만 해. 그에게 물어봐. 내가 연결해 줄까?

됐다, 됐어, 수학이라면 머리가 지끈지끈. 난 잠이나 푹 잘 테니, 너나 미친 '허준이'를 만나든지 말든지…….

태어나자마자 사춘기

겨울방학이 시작되기 일주일 전, 드디어 블랙과 함께 동영상을 촬영하기로 약속한 토요일이 되었다. 우린 아침 일찍 교실에서 모였다. 멋진 장소를 알아보자는 의견도 있었지만, 블랙은 학교보다 더 좋은 무대는 없다며 교실과 복도와 음악실과 체육관, 운동장 등을 추천했다.

모두 흰 셔츠에 청바지나 청치마를 입고 그 밖에 모자와 신발, 액세서리 등은 자유롭게 꾸미기로 했다. 셔츠에 반짝이는 스티커를 붙이는가 하면, 머리엔 초록 뿔을 달고, 도깨비 복면이나 좋아하는 아이돌 가면을 쓰고, 청치마에 빨간 그물 스타킹을 신기도 했다.

나는 밑단을 갈래갈래 찢은 청반바지를 입고 색색의 레

이를 목에 걸었다. 그리고 정말 하와이의 무희라도 된 듯 어깨를 들썩이면서 차례를 기다렸다. 새끼발가락도 자연스럽게 리듬에 맞춰 꼼지락거리면서도 긴장했는지, 땀을 삐질삐질 흘리는 것 같았다. 나는 블랙의 중2 시절을 떠올리며 가슴을 토닥토닥 두드리면서 용기를 내려 애썼다.

 블랙은 어렸을 때부터 심하게 말을 더듬었다고 했다. 자신이 하려는 말을 사람들이 끝까지 들어주지 않고, 가로채며 무시하여 점점 더 말하기가 두려웠다고, 그래서 우릴 마주칠 때마다 도망갔다고 고백했다. 그럴 때마다 블랙은 하고 싶은 말을 노랫말로 지어 마음을 달랬다며 작사한 노래의 유튜브를 보여주었다. 우리가 악마의 속삭임이라며 흥얼거리던 노래도 블랙이 지은 노랫말임을 알게 되었다. 이어서 우린 유튜브를 보며 계속 확인할 수 있었다. 아니, 내가 좋아하는 이 노래 가사를? 드라마 OST인 이 노래도? 헐, 이것도!

 블랙은 작사할 때면 교실이나 음악실 또는 운동장에서 멍때리는 걸 좋아한다고 했다. 그곳에선 중2였던, 아무도 자기 말에 귀 기울여 주지 않았던 외톨이의 쓸쓸함과 반항

적인 영혼을 만날 수 있다고 귀띔해 주었다. 이야기를 듣고 보니 그동안 블랙의 행적과 소문을 이해할 수 있게 되었다.

"가 간디도 어리 린 시저 절에 하 항 사 상 뛰어다녀 녔대. 마 마 말으 을 자 잘 모 못하느 는데 누가 자기에게 마마 말 거 걸까 봐 그래 랬대."

블랙은 말은 어눌했으나 행동은 박원재처럼 날렵했다. 블랙은 복도에 초록 테이프로 우리의 동선을 재빠르게 그었다. 래퍼, 팝핀, 난타 자리 등도 표시했다. 그리고 더듬거리면서도 각자의 역할을 정확하게 짚어주었다. 자꾸 듣다 보니 블랙의 말투와 몸짓에는 균형을 파괴하는 묘한 리듬감이 있었다. 주로 받침 있는 단어의 발음을 더듬었는데 그건 마치 먼 숲에서 들려오는 메아리 같았다.

"위치 자 자 잘 이 익혀, 초 로 록 테이프와 스티커는 촤 촤 촬 여 영하 할 때 뜨 뜨 뜯으 으을 거니까 우와 왕좌와 왕 말고."

"자, 바 반주 시작, 여기서 미 민규가 나와, 서두르지 마 말고, 카메라 의 시 식하지 마 말고 무시 심한 듯, 시크하게."

해인이가 등장하다가 퇴장하는 민규와 엇갈리자 블랙은 다시 동선을 정리해 주었다.

"서로 부디 딪히 며 면 자여 연스러 러 럽게 하이파이브 해."

"해이 인이는 조 좀 거드 들며 먹거려 봐."

블랙은 정말 건달처럼 건들건들 걷는 연기를 보여줬다. 블랙은 점점 더 흥이 오르는지 래퍼들과 등·퇴장을 함께하며 무대를 채워나갔다.

"수혀니 자 잘 나난 처 척 조 좀, 세사 상에서 내가 제이 일 자 잘 나가, 내 미 밑에 다드 들 꾸 꿀 꿇어, 이러 런 느 끼 낌, 아 알지?"

"여기서 다 가 같이 추이 임새와 하 함께 워 원재 드 등 자 자 장."

"워 원재 와 완 저 전 프로네, 와 와 완벼 벽해, 스카우트 해야, 와우, 대바 박, 브라비!"

우리는 박원재의 팝핀을 넋이 나간 듯 바라보았다. 지난번 시범으로 보여준 건 새 발의 피였다. 원재는 지금까지 우리가 알고 있던 작고 소심한 박원재가 아니었다. 우리는 팝핀 원재를 작은 거인이라고 부르며 추켜세웠다. 원재는 쑥스럽다는 듯 씩 웃기만 했다.

드디어 내 차례가 되었다. 나는 양말을 벗어 던지고 왼발로 하이킥을 날리며 등장했다. 예서가 고개를 까딱이며 신호를 보내자 나는 랩을 시작했다.

공부해라 또 잔소리🎵 어른들의 망언🎵
불만 반항 허풍 허세🎵 우리들의 특권🎵

이어서 래퍼들이 차례대로 등장해 자신의 끼를 마음껏 발산했다. 몇몇은 슬릭백 스텝으로 등·퇴장을 하기도 했다. 래퍼들과 반주자 예서, 팝핀 원재를 제외한 아이들은 소고, 트라이앵글, 탬버린 등을 연주했다. 난타 팀 지도는 선생님이 맡았는데 선생님은 피에로처럼 분장하고 큰북을 두드렸다. 난타 팀과 랩 팀이 나뉘어서 연습하고 난 뒤 다시 모여서 마지막으로 함께 맞춰보았다.

마지막 리허설 때는 비포와 애프터가 완전 다른 사람인 듯 바뀌어 있었다. 우리는 교실을 벗어나 복도, 운동장, 체육관, 음악실, 미술실, 도서실 등에서도 장면을 쪼개어 여러 번 반복하여 촬영했다. 촬영 감독은 이도안이 맡았다. 평소 도련님처럼 의젓하여 '이도령'이라고 불리던 도안은, 마치 프로 감독이라도 된 듯이 으스대며 숨겼던 재주를 드러냈다.

다혜 엄마 말처럼 좋아하는 것이 바로 재능이라면, 다들 마음속 깊은 곳에 재능 하나씩은 지니고 있는 것 같았다. 공동작업의 시너지 효과와 최예서, 박원재, 거기다가 블랙의 감각이 잘 어우러지고 있었다.

음악과 춤은 그냥 마음이 가는 대로 자유롭기만 한 줄 알았는데, 여기에도 계산된 규칙과 보이지 않는 약속이 필요하다는 걸 알게 되었다. 블랙은 껄렁해 보이면서도 치밀했다.

"블랙은 옷도 안 갈아입어요? 매일 그 옷만 입어요?"

"내 오 옷 으 은 모두 브 블 블랙. 이 오 옷도 세 버 벌이 나 더 이 있어."

"블랙은 몇 살이에요?"

우리가 나이를 묻자 블랙은 더듬거리면서도 랩으로 답했다.

나는 아직도 중2♬ 태어나자마자 사춘기♬

정7각형 밟고♬ 꿈을 꾸기 시작했네♬

"정말 태어나자마자 사춘기였어요?"

"아가드 들이 태어나 날 때 오 온모 몸으 을 부르르 떠 떨며 우 울자 잖아. 그게 세사 상으 을 햐 향하 한 처 첫 바 반으 응이자 바 반하 하 항 아닐까. 나느 는 바 반하 항하 한다, 고로 조 조 존재하 한다."

문득, 오늘 하루 내내 맨발로 지냈는데 아무도 내 발가락에 관심을 보이지 않았다는 사실이 떠올랐다. 맨발로 춤을 추고, 맨발로 교실 바닥에 두 다리를 뻗고 앉아 간식을 먹고, 맨발로 복도를 돌아다녔는데……. 나조차 내가 맨발이란 걸 까맣게 잊고 있었다. 그나마 동준이 내 발톱에 붙인 빨간 별 스티커를 보고는 "설주야, 넌 발톱에도 다꾸 하냐?"라고 관심을 보였을 뿐이다. 그게 다였다. 정말 섭섭할 정도로 그게 전부였다.

돌이켜 보니 나는 발가락이 남과 다르다는 사실보다는 다른 사람들이 그걸 알게 되는 것을 더 두려워했던 것 같다. 그런데 사람들은 타인에게 서운할 정도로 관심이 없다는, 그나마 있는 병아리 눈곱만큼의 관심조차도 곧 잊는다는 것이다. 드디어 나는 발가락에서 해방된 걸까, 아니면 발가락이 나에게서 해방된 것일까. 이러다가도 지금 이 해방감을 까맣게 잊고 '다혜야, 유리야, 내 발가락이 말이야…….' 하며 언제 또 징징댈지, 그건 나도 모른다.

S#

나는 꿈을 꿔, 잠들지 않아도 꿈을 꿔. 피비야, 마법의 주문만 외우면 나는 꿈속의 시간으로 이동해. 내 시간은 마법과 괴담, 그리고 망상으로 가득 차 있어. 그 시간을 나는 꾹꾹 눌러 담아 일기장에 저장하지. 언젠간 이 시간을 되돌려 멋진 글을 쓸 수 있는 날이 꼭 올 거야.

다꾸를 하다 보면 문득 별이 보고 싶곤 해. 이럴 때 내 마음은 방바닥을 살금살금, 살금살금 기어서 집 밖으로 나가. 마음이 먼저 빠져나가면 몸은 저절로 따라가지. 엄마는 늦은 밤엔 절대로 밖에 나가면 안 된다고 해. 하지만 마음이 먼저 나가서 기다리는 걸 어떡해. 밖으로 나가고 싶은 충동을 참을 수가 없어. 몸이 어떻게 따라가냐고? 그건 마법의 주문이 필요하지. 주문을 외우면 짜릿한 전율이 내 몸을 통과해. 지금도 나는 어느새 그네 위에 앉아 흔들 흔들흔들, 꿈을 꾸고 있어.

이 세상에 멈춰 선 건 아무것도 없다고 해. 그런데 내 마음 한 조각은 영원히 중2에 머물러 있을 것 같아. 그건 아직 중2병의 정답을 찾지 못했기 때문이야. 피비야, 답을 찾아야 해. 그러나 그건 아무도 모를, 영원히 끝나지 않을 돌림노래인지도 몰라.

지금도 지구는 태양 주위를 맴돌고 있어. 모두 잠든 이 시간에도 말이야. 한 바퀴를 돌아 제자리로 오려고 해. 난 그걸 느낄 수 있어. 시간이 얼마 남지 않은 것 같아. 지구가 돌아, 돌아오고 있어. 같은 지점으로 돌아오는 것 같지만 그건 아니야. 처음에 출발했던 그 시간은 결코 아니지.

곧 나의 중2는 지나가고 시간은 새날을 가리킬 거야. 회전 숫자판처럼 빙글빙글 돌아 새날이 시작되는 거지. 그럼 딸깍, 소리가 날 거야. 피비야, 잘 들어봐. 아주 잘 귀 기울여야 들을 수 있어. 자칫하다간 소중한 기회를 놓칠지도 몰라. 딸깍, 소리가 나를 다른 시간으로 데려다줄 거야.

에필로그
시평선 너머

늦은 밤, 흔들흔들 흔들리며 그네에 앉아 있노라면 가로등 불빛 아래로 시간이 흐르는 게 보이는 것 같았다. 나는 1분, 1초라도 놓칠세라 꼼꼼하게 기록하려 했지만 모든 걸 다 기록하는 건 불가능했다. 미처 기록하지 못한 기억은 마음에 새겼다. 그리고 친구들 한 명, 한 명을 눈여겨보면서 이름이라도 한번 적어보려고 애썼다. 그러다가 문득 별을 올려다보면 시간과 함께 흘러가는 것들이 보였다.

* * *

겨울방학이 시작되는 날 아침, 우리는 그동안 촬영하고

편집한 동영상을 마침내 공개했다. '질병관리밴드'라는 제목으로 학교 홈페이지와 '청소년 마음연구소' 홈페이지, 선생님의 유튜브에 올렸다. 블랙이 자신의 유튜브에도 올려주었다.

　우리 반의 해피 바이러스인 최이준은 선생님과 함께 편집하느라 이틀 밤을 꼬박 새웠다며, 엄청 생색을 내고 거드름을 피워서 웃음을 안겨주었다. 항상 주위에 웃음을 퍼뜨리는 이준은 꿈이 해피라고 했다. 그리고 해피라는 단어만 들어도 행복하다며 활짝 웃었다.

　선생님도 따라 웃으며, 박사 논문이 통과될 때까지 계속 중2 담임을 맡을 계획이라고 알려주었다. 그러자 평소 잘 웃지도 않고 말수도 없던 여진이가 웃으며 말했다.

　"선생님, 공부 좀 열심히 하세요. 그래야 박사님이 될 수 있잖아요."

　　　박사보다 더 좋은 건♬ 영원히 포에버 중2♬
　　　부러우면 지는 건데♬ 나는 중2가 부러워♬

어설프게 블랙의 리듬과 몸짓을 흉내 내는 선생님을 따라 여진이도 함께 장단을 맞추고, 옆에 있던 아이들도 거들었다. 여진이는 자전거를 타고 해변을 따라 국토 일주하는 것이 꿈이라며, 눈이 오나 비가 오나 늘 자전거를 타고 다녔다.

 우리는 아무 일도 없었다는 듯, 유튜브 따위는 관심도 없다는 듯이 시침을 뚝 떼고 방학식을 했다. 그러나 나는 심장이 쿵, 내려앉고 호흡이 딱, 멈춰버릴 듯 가슴이 콩닥거렸다. 누가 보기는 할까, 조회 수는 얼마나 될까, 댓글은 뭐라고 달릴까, 설마 악플이 달리는 건 아니겠지……. 나는 가슴골을 꼭꼭 눌렀으나 심장이 마구 나대는 걸 막을 수가 없었다.

 그 와중에도 방학식이라고, 교장 선생님의 말씀은 여전히 길게 이어졌다. 내용은 3월 입학식 때와 별로 다르지 않았는데, 선생님은 마치 처음 말하는 것처럼 심각한 표정으로 예까지 들어가며 설명을 덧붙였다. 그 예마저 입학식 때와 똑같았다.

방학식을 마치고 동준이가 전학을 간다며 마지막으로 인사를 했다. 동준이 아빠는 3년 동안의 긴 항암 치료 끝에 드디어 완치라는 판정을 받았다고 했다. 그리고 온 가족이 할머니가 계신 고향, 봉평으로 간다고 전했다. 동준의 눈가에 드리워진 그늘의 정체를 알고 나니 순간, 나대던 심장이 덜컥 멈추는 것 같았다. 동준은 지역의 농업·생명과학 고등학교에 진학하여 프로 농부가 되고 싶다며, 벌써 농부가 되기라도 한 것처럼 너스레를 떨었다.

　　나는 동준에게 전학을 가는 게 좋으냐고 물었다.

　　"아빠가 좋은데 내가 싫을 리가? 난 아빠만 있으면 뭐든 다 좋아. 놀러 와라, 강릉행 기차 타고 평창에서 내리면 돼. 혹시라도 역방향 타고서 시간이 거꾸로 흐른다느니 그런 헛소리하지 말고."

　　시간이 거꾸로 흐른다느니 그런 헛소리하지 말라고? 동준의 말에 나는 깜짝 놀랐다. 저건 내가 피비에게 보낸 편지인데, 동준이가 어떻게 알고 있지? 혹시 내 일기장을?

　　"야, 양동준! 너 내 꿈 훔쳐봤지? 이 꿈 도둑아!"

　　"꿈을 훔친다고 훔쳐지냐? 한설주, 파수꾼은 먼 데서 찾는 게 아니야. 피비 대신 나에게 편지를 쓰는 건 어때? 호위무사처럼 성실하게 답장해 줄게."

나는 동준을 잡아먹을 듯이 달려들었다. 동준은 책상 사이를 이리저리 넘나들며 미꾸라지처럼 잘도 빠져나갔다. 결국 내가 지쳐서 포기하고, 헐떡이면서 흘겨보자 동준이 말했다.

"너, 작가가 되고 싶다며? 이효석이라는 소설가 들어보긴 했냐? 9월이면 남안동천을 낀 메밀밭 풍경이 아주 그냥 죽여준다! 우리 할머니 집이 바로 거기야. 그런데 우리 할머니 메밀전 맛은 더 쥑인다!"

"내가 너 전학 간다니 오늘은 특별히 봐준다."

그러나 전학을 가서 특별히 봐주려는 게 아니라 마음 한편이 아릿아릿해서, 나는 더 이상 동준과 실랑이할 수가 없었다.

이 야릇한 감정은 뭐지? 목감기에 걸렸을 때처럼 목구멍이 뜨끔뜨끔하고, 코끝이 시큰하여 콧물이 나올 것 같고, 눈시울에 뭔가 가득 차오르는 듯한 이 맵싸한 느낌은……. 아카시아 꽃잎을 받으려 뛰어가던 내가 떠오르자 팔뚝에

무당벌레가 기어가는 것처럼 스멀스멀했다. 꽃잎이 뚝뚝 떨어져 흩날리고 어디선가 달달한 노래까지 들려오……, 아냐, 아니야, 절대로 그럴 리가 없어, 결코!

　동준은 계속 나를 따라다니며 얼굴을 바짝 들이대고 깐족거렸다.

"설주야, 너 감기 걸렸냐? 얼굴이 벌건 게 열 있는 것 같은데? 감기와 사랑은 숨길 수 없다잖아."

"사랑 같은 소리 하고 있네. 그래, 감기다, 감기야, 그래서 어쩌라고? 옮기 싫으면 가까이 다가오지 마!"

　나는 꽥 소리를 질렀다. 그리고 어처구니없어하며 바라보는 동준을 외면하고 사물함을 정리하기 시작했다.

　그때, 갑자기 예닐곱 명의 아이들이 우르르 교실로 몰려 들어 왔다. 가슴에 달린 이름표 색깔이 파랑인 걸 보니 중1이었다. 그래도 2월까지는 우리 교실인데, 마치 우릴 투명 인간 취급하며 개념 없이 떠들어 댔다.

"2반 교실 후졌네. 2반 안 됐으면 좋겠다."

"교실이 다 거기서 거기지 뭐. 야, 근데 교탁 밑에 이상하게 생긴 공이 있어."

"무식하게, 이상하게 생긴 공이 뭐냐, 럭비공이잖아."

"무식하다고? 넌 얼마나 잘났냐."

"에잇, 얼굴에 맞았잖아. 저 새끼가……."

뭔가 와장창 부서지는 소리가 들려 돌아보았다. 이미 럭비공은 창가에 놓인 천일홍에 맞아 화분은 바닥으로 떨어지고, 흙모래가 사방으로 흩어져 있었다.

"미친놈아, 내가 너 언젠간 사고 칠 줄 알았다."

"내가 미친놈이면 넌 또라이다."

우리는 얼른 럭비공을 챙겨서 교실을 빠져나와 복도를 천천히 지나갔다. 어디선가 블랙이 툭 튀어나올 듯해서 나는 주위를 두리번거렸다. 블랙 덕분에 나도 시간의 의미를 조금은 알게 되었다. 그 시간이 새어나가지 못하도록 나는 일기장에 꽁꽁 가두어 놓았고, 시간을 불러오는 주문도 알고 있다.

햇볕이 들지 않아 어둑한 계단을 내려가려니 어디선가 하모니카 소리가 들려올 것만 같았다. 그 침묵의 소리를 들으며 나는 중얼거렸다.

"쟤들도 중2병을 앓겠지?"

나의 혼잣말에 앞서가던 양동준이 뒤를 돌아보았다. 그리고 랩으로 답을 대신해 주었다.

툭하면 중2병이래♬ 병맛이라 전해줘♬
우린 아직 성장중♬ 성장통이라 불러줘♬

동준은 여전히 럭비공을 툭툭 차고 받으면서 운동장을 가로질러 걸어가고, 그 뒤로는 불안하게 흔들리는 그림자가 드리워졌다. 갑자기 동준이 하늘 높이 공을 차올렸다. 우리는 떠오르는 럭비공을 바라보며 각자의 생각에 잠겨, 더는 아무런 말도 하지 않았다.

교문을 나서자 갑자기 환유가 달리기 시작했다. 나는 큰 소리로 불렀다.

"환유야, 어디 가?"

"별 만나러, 별 보고 싶으면 따라와!"

환유는 사료 봉투를 높이 흔들며 공원 쪽으로 뛰어갔다. 나도 정7각형을 요리조리 피하며 별을 만나기 위해 달려갔다. 어느새 따라왔는지, 조금 전 교실에서 화분을 깨뜨린 아이들이 시끌벅적하게 몰려왔다. 그리고 우리가 만나러 가는 별이 뭔지도 모르면서, "나도 별 만나러 같이 가고 싶다!"라고 소리치며 정7각형을 무시한 채 뛰기 시작했다. 나는 정7각형을 밟을까 조마조마하고 걱정스러웠으나 그들은 아랑곳하지 않고 무작정 달려갔다.

그때, 나는 그 소리를 분명히 들었다. 시간이 떠나가는 소리, 그리고 또 다른 시간이 달려와 시평선(時平線)에서 만나는 소리……. 딸깍.

작가의 말
시평선 너머의 시간

    돌이켜 보면 시간은 항상 저만치 앞서 달려가고 나는 따라가느라 늘 허덕였다. 그 '시간'이라는 의미에 사로잡혀 글 한 편을 풀어내고 싶었다. 그러나 많이 망설이고 주춤거리다가 지난가을, 끝내는 길을 잃고 말았다. 거리도 아니고 숲속도 아니고 마트도 아닌, 집에서 길을 잃었다. 시간에 갇혀 동굴 밖으로 나갈 수 없었다. 소리 나는 방향을 향하여, 희미한 불빛을 향하여 더듬거리며 비상구를 찾아 나아갔다.
    바람 한 점 없고 시간마저 멈춘듯한 하릴없는 날엔 흐르는 강물에 시간의 의미를 묻고 또 물었다. 강물은, 난 모르는 일이니 바다에 물어보라며 도도하게 흘러갔다. 그러다가 내 안에 똬리를 틀고 있던 한 아이를 만났다. 늦되고, 작고, 창백하고, 소심하고, 하고 싶은 말은 많으나 표현할 줄 모르는 어리바리한, 밤마다 책과 글로 소통하는 아이……. 그 아이를 깊은 우물에서 끌어 올려 햇볕에 보송보송하게 말리고 따뜻한 아랫목을 내주고 싶었다. 햇살 한 톨, 실낱 같은 바람 한 올 만나보지 못한 아이의 눅진한 내면을 세상 밖으로 조금씩 끌어내기 시작했다. 그러나 아이의 시점에서 시간을 바라보는 것이 쉽지 않았다. 때론 너무 넓고 때론 너무 깊어서, 그 무게를 가늠할 수 없어 허우적거렸다. 그러다가 시평선(時平線)을 보았다. 시평선은 나를 시간과 만나게 해주었다.

 저기 바다가 있다고 방향을 짚어주고, 여기에 이르도록 이끌어 주신 분들께 깊은 감사를 드린다. 9년 가까이 '소설가의 꿈'을 함께 꾸는 글벗들에게 큰 애정을 보내고, '두 번째 꽃'을 피우려 애쓰는 여의도 샛강의 문우들에게도 소식을 전하련다. 매주 목요일을 잊지 않겠노라고……. 또한 낯선 고장 충남에서 만난 작가님들, 그들의 간절한 바람이 심장에 닿아 가슴을 뛰게 하고 앞으로 나아가게 하는 힘이 되어준다.

 새로운 소설을 쓸 때마다 이번 소설이 마지막이 될 것 같은 강박증에 시달리곤 한다. 그럴 때마다 다시 바람이 불어오기를 묵묵히 기다린다. 그 바람이 wind, desire, 또는 dream인지, 아무튼 바람이다. 하염없이 기다리다 보면 또 다른 바람이 서서히 일렁이며 다가올 것이다. 그 바람 때문에 내 마음이 너무 바깥으로 나대지 않기를, 날 선 사람들과 번잡한 주위로부터 담담할 수 있기를 추슬러 본다.

 다시 지평선 너머의 시간을 만나러 길을 나서며, 괴테가 정의한 시간의 의미를 되새긴다.

> 내가 받은 유산, 얼마나 찬란하고 넓디넓은지
> 시간이 나의 소유, 나의 경작지는 시간.

2025년 다시 봄, 손영미

시평선
너머

초판 1쇄 발행 2025. 5. 30.

지은이 손영미
펴낸이 김병호
펴낸곳 주식회사 바른북스

편집진행 박경원
디자인 양헌경

등록 2019년 4월 3일 제2019-000040호
주소 서울시 성동구 연무장5길 9-16, 301호 (성수동2가, 블루스톤타워)
대표전화 070-7857-9719 | **경영지원** 02-3409-9719 | **팩스** 070-7610-9820

•바른북스는 여러분의 다양한 아이디어와 원고 투고를 설레는 마음으로 기다리고 있습니다.

이메일 barunbooks21@naver.com | **원고투고** barunbooks21@naver.com
홈페이지 www.barunbooks.com | **공식 블로그** blog.naver.com/barunbooks7
공식 포스트 post.naver.com/barunbooks7 | **페이스북** facebook.com/barunbooks7

ⓒ 손영미, 2025
ISBN 979-11-7263-405-6 43810

•본 도서는 충청남도, 충남문화관광재단의 후원으로 발간되었습니다.
•파본이나 잘못된 책은 구입하신 곳에서 교환해드립니다.
•이 책을 저작권법에 따라 보호를 받는 저작물이므로 무단전재 및 복제를 금지하며,
 이 책 내용의 전부 및 일부를 이용하려면 반드시 저작권자와 도서출판 바른북스의 서면동의를 받아야 합니다.